縱橫天下事

The Roads Taken: Readings in Chinese Newspaper 1

總編輯／陳振宇、主編／杜昭玫、編著者／孫懿芬、陳懷萱

總編輯序

　　做為全台灣規模最大、歷史最久的華語教學中心，臺師大國語中心一向使用自編教材，因此研發編寫教材也成為本中心的重要業務之一。雖說後方法時代的教學理論強調無教材原則，但這只是在提醒教師要能根據學生的學習目標，彈性靈活地運用各種學習資源，整理成為學生學習的材料，並不表示一個教學領域裡不需要教材；恰恰相反，一個教學領域裡需要各式各樣的教材，做為教師與學生可以參考運用的資源寶庫。每一份教材的設計與編寫都有其特定的需求、目的與對象，也都隱含設定了某種特定的教學方法。各式各樣的教材指的是能滿足各種學習者、多樣的學習需求、以及不同的教學方法的課本、作業本、學習單、測驗卷等。各式各樣的教材也指的是與時俱進、定期更新的內容和學習活動。做為一份語言的教材，在當前國際移動便利、社會接觸頻繁的時代裡，定期更新既有教材的內容或甚至重編教材都成為必要。《縱橫天下事》就是在這樣的環境特性下產生。本中心高級課程部分教材已有些歷史，有些學生反應不想使用過時的教材，尤其是新聞系列教材，之前使用的新聞教材《讀報學華語》已有十年以上，因應外在環境變遷，新聞教材應該與時俱進；另外，更新教材也能讓中心課程開課兼顧各程度及多元，特別是學生學完《當代中文課程》第四冊之後，華語的能力已進步到可以接觸比較多元的內容，也很希望可以學到不同層面的華語，一份能夠反映當前台灣與國際社會的新聞教材正能符合學生這方面的需求。《縱橫天下事》正是秉持這樣的理念，由杜昭玫副主任帶領孫懿芬與陳懷萱兩位資深的華語老師，在中心同仁蔡如珮小姐的協助下，歷經近三年的編寫、試用、調整，終於得以正式出版。身為總編輯，本人在此感謝他們的辛勞與貢獻，也懇請華語教學界不吝選用這份教材、並給予指正。

陳振宇

國立臺灣師範大學國語教學中心主任

2021.4

i

編輯大意

　　《縱橫天下事：華語新聞教材》為一套新聞類教材。本套教材共兩冊，分別為《縱橫天下事1》及《縱橫天下事2》。每冊有八個單元，每單元兩篇新聞，一冊有十六篇（課）。語言程度約在國立臺灣師範大學國語教學中心教材的第5級（CEFR B2），適合學完《當代中文課程第四冊》的學生學習，約140-160個學時可以學完一冊。

　　取材範圍以臺灣國內外新聞為主，涵蓋各類新聞，並以新聞長短及內容深淺排序。每冊的八個單元設定不同的主題，以期讓使用者學習到不同主題的新聞常用詞語。第一冊主題包括氣象報導、物價上漲、喝酒開車、全球暖化、節慶活動、網際網路、疾病防治、經濟趨勢。第二冊主題包括天然災害、招募人才、高壓工作與遺傳疾病、恐怖攻擊、網銀時代、貿易戰爭、表演藝術、兩岸關係等。

教材編排介紹：

◎ 課本（每課編排順序如下）

1. 學習目標：具體寫出學生能學到的語言能力。

2. 課前閱讀：在課文前有「課前閱讀」，透過閱讀新聞標題來掌握新聞重點，同時培養學習者利用閱讀的猜測、分析、判斷、推理文字意涵等策略來掌握新聞大意。

3. 課文：每單元的兩課課文與單元主題相關，但各以一篇新聞為主。課文根據報紙或網路新聞版型設計，學習者可以熟悉不同報社及網路新聞的編排形式，尤其是新聞特殊的文字由右至左、由上而下直行的編排方式。

4. 生詞：每篇新聞後有生詞（含書面語及專有名詞）。生詞以中英文解釋，並以例句來說明用法。標音採注音符號、漢語拼音並列。

5. **句型**：選取常用之句型，並以例句示範用法，期加強學習者對新聞句型的運用能力。

6. **課文理解與討論**：針對課文內容提出問題，檢測學習者理解程度，並延伸討論。

7. **課堂活動**：以具任務性的活動來促使學生自主學習，以提升整體語言能力。

8. **簡體字版課文(新聞)。**

◎ 作業本

1. 每課有三到四部分練習題，包括詞彙、書面語和句型的練習。練習形式包括：生詞填空、連連看、完成句子、選擇題、根據圖文回答問題、短文閱讀。

2. 每單元（兩課）之後另有一綜合練習，以閱讀與單元主題相關之新聞來進一步提升理解及運用能力。

　　本教材特別感謝國語中心前主任周中天教授費神翻譯審閱，以及本中心多位資深華語教師使用及提供意見，另在出版過程中，編輯李芃小姐給予諸多協助，在此一併致謝。若教材還有任何疏失錯誤之處，尚祈各方見諒，並懇請惠賜卓見。

謹識於

國立臺灣師範大學國語教學中心

2021 年 4 月

目錄
CONTENTS

氣象報導

學習目標

第一課：氣溫下降
第二課：強颱來襲

1. 能學會氣象報導相關詞彙
2. 能學會氣候變化的說法
3. 能學會與颱風相關詞彙
4. 能學會颱風來襲時天氣變化的說法

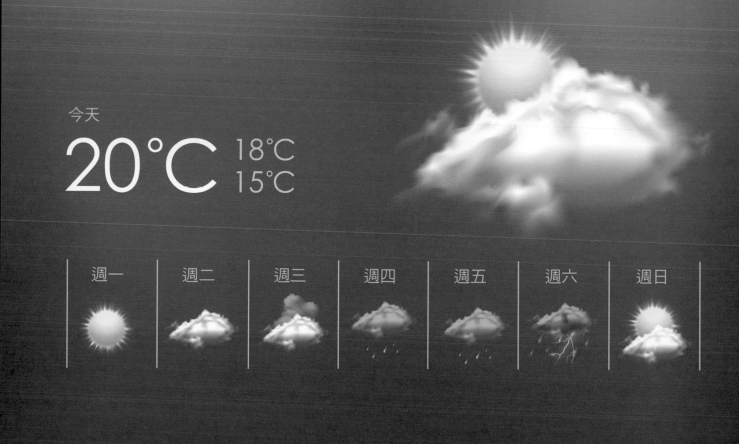

今天
20°C 18°C
15°C

| 週一 | 週二 | 週三 | 週四 | 週五 | 週六 | 週日 |

氣溫下降

本周東、北部都濕冷

東北風連發　下探18度

課前閱讀

請看新聞標題，再回答以下問題：

❶「東北風」大概是哪個季節？

❷「下探 18 度」的氣溫最低可能是幾度？

本周東、北部都濕冷

東北風連發　下探18度

今日受到東北風影響會降雨，
後天又有另一波東北風來襲。

【記者洪安怡／台北報導】本周有兩波東北風接力報到。中央氣象局指出，今（8）日受到東北風持續影響，迎風面北部、東半部仍有降雨，尤其是宜蘭雨勢較為明顯，後天又有一波新的東北風且冷空氣較強，北部、東北部空曠地區低溫下探18度。

氣象局指出，今（8）日受東北風持續影響，東北部地區有短暫陣雨，並有局部大雨發生的機率，北部、東部、東南部地區及恆春半島有局部短暫雨，中南部地區大多為晴到多雲，僅山區有午後局部雷陣雨；溫度方面，此波東北風各地早晚天氣稍涼，中南部地區須注意日夜溫差大，各地低溫約在22至24度；白天各地高溫28至32度，西半部高溫均可達30度以上。

到了明天，氣象局預報員李孟軒表示，明天東北風稍微減弱，有個小空檔，儘管迎風面北部、東半部仍有局部短暫陣雨，但整體降雨狀況趨緩；各地夜晚及清晨低溫約22至24度，白天各地氣溫稍回升，高溫約29至33度，中南部日夜溫差大，達10度左右。

後天起，東北風再度增強，李孟軒說，北部、東半部地區會有短暫雨，且由於冷空氣比較強，北部、東北部低溫約20度，若是沿海空曠地區，低溫有機會再下降1~2度。預計本周北部、東半部就是持續濕濕冷冷的天氣，早晚需多注意日夜溫差。

（取自2018/10/8 聯合晚報）

01 氣象 qìxiàng — weather
天氣的情形

出門看看氣象報導，就不會穿錯衣服。

02 本 běn — this/ my, our
📖這／我（們）

本校校長決定提高學費，造成學生不滿。

03 連發 liánfā — to occur continually
連續發生

幾個冷氣團一個接著一個來到台灣，我們叫做冷氣團連發。

04 下探 xiàtàn — to reach downward to
往下發展、試探

冷風過境，氣溫下探十度。

股票價格受世界經濟影響，股票指數 (zhǐshù, index) 下探 5 千點。

05 降雨 jiàngyǔ — rainfall
下雨

根據氣象報導，明天降雨的機率是百分之百。

06 波 bō — wave
「XX 風、海浪」等的量詞

東北風一波接著一波到來，溫度持續下降。

07 來襲 láixí — to strike
來侵襲 (qīnxí, to hit, to strike)

冷風來襲，外套賣出的數量明顯增加。

08 記者 jìzhě — reporter, journalist
寫新聞、報導新聞的人

09 接力 jiēlì — relay
一個接著一個地做

運動會的跑步比賽，如果四個人接著跑完一圈 (quān) 運動場，叫做接力賽。

跨年晚會總是由許多歌手接力表演。

10 報到 bàodào — to report (for duty)
本來意思是學生到學校辦理入學；公司錄取的人開始到公司上班。本課指已經來到。

公司通知我下個月一號去報到，正式成為他們的員工。

11 迎風面 yíngfēngmiàn — windward side
向著風吹來的那一面

這棟大樓在迎風面，颱風來的時候風勢往往比較大。

⑫ 仍 ㄖㄥˊ　　　réng　　　still
書「仍然」的縮略

儘管政府努力改善交通，塞車情況仍相當嚴重。

⑬ 雨ㄩˇ勢ㄕˋ　　　yǔshì　　　rainfall intensity
雨的大小

雨勢漸漸小了，颱風應該快離開本島了。

⑭ 較ㄐㄧㄠˋ為ㄨㄟˊ　　　jiàowéi　　　relatively
書比較

台灣雖小，南北氣候仍不同，夏天時，南部較為炎熱。

⑮ 且ㄑㄧㄝˇ　　　qiě　　　and also
書「而且」的縮略

冷氣團預計後天接近北部且逐漸增強。

⑯ 空ㄎㄨㄥ曠ㄎㄨㄤˋ　　　kōngkuàng　　　open (area)
地方空，沒有太多建築、大樹等

打雷 (dǎléi, thunder) 時，空曠地區較為危險。

⑰ 短ㄉㄨㄢˇ暫ㄓㄢˋ　　　duǎnzhàn　　　shortly, for a short while
很短

今天的氣溫短暫上升，明天仍是濕冷的天氣。

⑱ 陣ㄓㄣˋ雨ㄩˇ　　　zhènyǔ　　　rain shower
降雨時間短暫的雨

台灣夏天常常出現陣雨，陣雨過後，天氣就不那麼炎熱了。

⑲ 並ㄅㄧㄥˋ　　　bìng　　　moreover
書「並且」的縮略

清晨溫度降低並有下探 10 度的可能性。

⑳ 局ㄐㄩˊ部ㄅㄨˋ　　　júbù　　　partly
整個的一部分

這次大雨僅使局部地區受到影響。

㉑ 機ㄐㄧ率ㄌㄩˋ　　　jīlù　　　probability
事情發生的可能性多少

看氣象圖，這個颱風經過台灣的機率很小。

㉒ 及ㄐㄧˊ　　　jí　　　and
書和／與

颱風及地震都是台灣人關心的事情。

㉓ 晴ㄑㄧㄥˊ　　　qíng　　　sunny
晴天

㉔ 雲ㄩㄣˊ　　　yún　　　cloud

㉕ 僅ㄐㄧㄣˇ　　　jǐn　　　only, merely
只

東北風僅對迎風面地區帶來影響。

26 雷ㄌㄟˊ陣ㄓㄣˋ雨ㄩˇ　léizhènyǔ　thunder shower
下雨時也會打著雷

夏天午後有雷陣雨是常見的現象。

27 此ㄘˇ　cǐ　this
📖這

此波東北風給空曠地區帶來較大雨勢。

28 稍ㄕㄠ　shāo　slightly
📖「稍微」的縮略

雨勢稍減，但風力仍強。

29 涼ㄌㄧㄤˊ　liáng　cool
有一點冷

中國茶的傳統喝法是喝熱的，如果茶涼了就覺得不好喝了。

30 須ㄒㄩ　xū　must
📖「必須」的縮略

氣溫雖回升，但（仍）須注意午後的雷陣雨。

31 溫ㄨㄣ差ㄔㄚ　wēnchā　temperature difference
溫度高低的差距

春秋兩季，早晚溫差大，容易感冒。

32 約ㄩㄝ　yuē　about
「大約」的縮略

每年夏天約有 10 個颱風經過台灣。

33 至ㄓˋ　zhì　...to...
📖到

秋天的溫差大約 10 至 15 度。

34 均ㄐㄩㄣ　jūn　all
📖都

本週末午後均有短暫陣雨的可能性。

35 達ㄉㄚˊ　dá　up to
「到達」的縮略

台灣夏天的氣溫均高過 30 度，甚至高達 40 度。

36 預ㄩˋ報ㄅㄠˋ員ㄩㄢˊ　yùbàoyuán　weather forecaster
把預測的天氣報告出來，讓大家都知道的人

氣象預報員需要具備氣象方面的專業知識。

37 減ㄐㄧㄢˇ弱ㄖㄨㄛˋ　jiǎnruò　to weaken
減少、變弱

風勢減弱了，颱風應該快要離開了。

38 空檔 kòngdǎng　interval
做兩件事中間有空的時間

我趁老闆不在公司的空檔，跟朋友打電話聊天。

39 儘管 jǐnguǎn　though
雖然

儘管颱風減弱，仍不適合外出。

40 趨緩 qūhuǎn　to slow down
逐漸變慢

經濟發展趨緩，公司的利潤也跟著下降。

41 清晨 qīngchén　dawn
天剛亮的時候

42 回升 huíshēng　to rise again
降低後再慢慢升高

最近氣溫回升，人們外出活動的機會也逐漸增加了。

43 再度 zàidù　once again
又一次／再一次

那位總統的支持度回升，明年可能再度當選總統。

44 增強 zēngqiáng　to enhance
強度增加

多念讀課文和生詞就可以增強認漢字、寫漢字的能力。

45 若是 ruòshì　if
如果

若是氣象報導是對的，東北季風預計下周二報到。

46 沿海 yánhǎi　coastal (area)
沿著海邊的地方／靠近海邊的地方

颱風往往對花蓮沿海地區造成較大的影響。

47 預計 yùjì　to be estimated to
預先估計

這個颱風預計將給局部地區帶來短暫降雨。

專有名詞 Proper Noun

01 中央氣象局	Zhōngyāng qìxiàng jú	Central Weather Bureau 政府單位名稱
02 宜蘭	Yílán	Yilan 縣名，在台灣東北部
03 恆春半島	Héngchūn Bàndǎo	Hengchun Peninsula 地名，在屏東縣，台灣南部之半島

1 儘管…，仍…

儘管網路十分方便，仍有許多人喜歡到商店購物。

儘管 101 大樓家喻戶曉，仍有部分台灣人沒上去過。

2 若是…

若是要在發生火災時保障財產價值，就必須購買保險。

若是不想被裁員，工作態度千萬別太隨便。

課文理解與討論 ▸▸

❶ 今日受東北風的影響，哪些地區的雨勢較明顯？

❷ 後天新的一波東北風會使哪些地區溫度降到 18 度？

❸ 中南部地區會降雨嗎？山區呢？

❹ 今明兩天的最低氣溫差異大嗎？高溫呢？

❺ 哪些地區的日夜溫差很大？高低差幾度？

❻ 後天起的天氣跟今天比起來，哪天較冷？

❼ 哪個地區的氣溫會降到 20 度以下？

❽ 根據本則新聞，你覺得台灣秋冬的天氣是否都是如此？

❾ 你的國家在秋冬時的氣候如何？是否與台灣有相似之處？

❶ 請查查資料，報告你們國家四季的氣候型態，包括氣溫高低、雨量大小等。

❷ 根據大家的報告，說說你想居住在哪個地區，為什麼？

附錄：台灣地圖 ▸▸

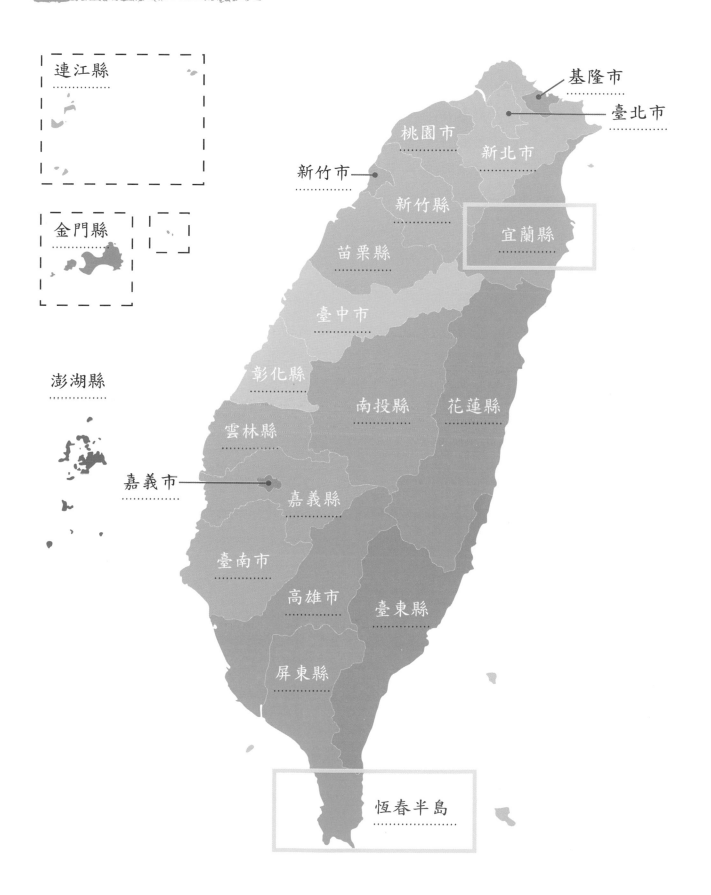

連江縣

金門縣

澎湖縣

桃園市

新竹市

新竹縣

苗栗縣

臺中市

彰化縣

雲林縣

嘉義市

嘉義縣

臺南市

高雄市

屏東縣

南投縣

花蓮縣

宜蘭縣

基隆市

臺北市

新北市

臺東縣

恆春半島

天空狀況名稱	劃分或使用標準
晴 多雲 陰	雲量佔全天空 0-4/10 雲量佔全天空 5/10-8/10 雲量佔全天空 9/10-10/10
晴天 多雲 陰天	出現時間佔預報有效時間 3/4 或以上時，使用單一名稱預報。
晴時多雲 多雲時晴 多雲時陰 陰時多雲	前者出現時間雖未達佔預報有效時間 3/4，但達 1/2 或以上，其它時間出現後者之雲量時使用。（出現時間通常較難明確計算，以前者出現較後者為多時使用）
晴轉陰 陰轉晴 雲轉陰 陰轉多雲 晴轉多雲 多雲轉晴	雲量有明顯改變，由前者變為後者時預報員就會用「轉」將其變化報導出來。（前兩項較常使用）

資料來源：中央氣象—氣象常識

LESSON 2
第 2 課
強颱來襲

康芮 ^恐_轉 強颱　周五影響最大

東北部注意長浪　淡水今晨19度入秋最低溫

■■ 課前閱讀

請看新聞標題，再回答以下問題：

❶「強颱」是指什麼？

❷ 這則新聞可能是在哪個季節發布的？

康芮恐轉強颱　周五影響最大
東北部注意長浪　淡水今晨19度入秋最低溫

【記者吳姿賢／台北報導】中颱康芮今天持續增強，暴風圈半徑擴大，最快明天升級成強颱。中央氣象局說，康芮移動速度減緩，周五最接近台灣，屆時路徑若離台灣較近，將不排除發布海警。周三起北部、東半部沿海就會出現長浪，周四至周六北部及東北部有明顯降雨。

另外，本周東北風帶來涼空氣，各地早晚出現「秋意」。今天清晨5點23分淡水出現19.1度，是入秋以來平地最低溫紀錄。提醒民眾，西半部平地日夜溫差可達10度以上，早出晚歸須適時調整穿著。

康芮今天上午位於鵝鑾鼻東南東方1750公里，以每小時16公里速度，向西北行進。近中心最大風速每秒43公尺，瞬間最大陣風每秒53公尺，七級風半徑200公里，十級風半徑80公里。

氣象局預報員林伯東說，康芮將增強到中颱上限至強颱下限，周三、周四達到生命最強期。目前各國模式對康芮路徑分歧仍大，可能像潭美一樣在遠洋北轉，也可能抵達台灣東部近海，對台影響會較大。

康芮颱風預測路徑

中央氣象局／提供

林伯東說，受康芮外圍環流影響，北部、東北部周四至周六出現降雨，雨勢多大須視康芮離台多近，但一定比平常明顯，降雨時間也會拉長。北部、東半部、恆春半島周三之後就會出現長浪，隨著康芮逐漸接近台灣，長浪愈來愈大。

（取自2018/10/1 聯合晚報）

01 強颱 (ㄑㄧㄤˊㄊㄞ) qiángtái — severe typhoon
強烈颱風

本次強颱的移動速度很快。

02 恐 (ㄎㄨㄥˇ) kǒng — may, be afraid it may...
書「恐怕」的縮略

這波東北風恐使氣溫下降十度。

03 轉 (ㄓㄨㄢˇ) zhuǎn — to turn to...
「轉變」的縮略

這個颱風前進速度加快，恐轉為強烈颱風。

04 浪 (ㄌㄤˋ) làng — wave
海浪 (hǎilàng, sea wave)

颱風到來之前，海邊的浪一波比一波大。

05 入秋 (ㄖㄨˋㄑㄧㄡ) rùqiū — in autumn
進入秋天

入秋之後，山上的樹葉逐漸變紅。

06 暴風圈 (ㄅㄠˋㄈㄥㄑㄩㄢ) bàofēngquān — storm circle

強烈颱風的暴風圈往往較大，影響也較大。

07 半徑 (ㄅㄢˋㄐㄧㄥˋ) bànjìng — radius
圓形直徑 (diameter)，一半是半徑

氣象報導，康芮颱風的暴風半徑是 100 公里 (gōnglǐ)，是 12 級颱風。

08 擴大 (ㄎㄨㄛˋㄉㄚˋ) kuòdà — to extend to
數量增多、範圍 (fànwéi, scope, range) 變大

少子化的影響逐漸擴大到每個行業。

09 升級 (ㄕㄥ ㄐㄧˊ) shēngjí — to be upgraded
等級由下往上升，變好

電腦的軟體 (ruǎntǐ, software) 及硬體 (yìngtǐ, hardware) 常常需要升級，才能更好用。

10 成 (ㄔㄥˊ) chéng — to become
書成為

少子化將成未來 20 年各國嚴重問題。

11 減緩 (ㄐㄧㄢˇㄏㄨㄢˇ) jiǎnhuǎn — to slow down
減低變慢

本國經濟成長因世界經濟發展趨緩而明顯減緩。

⑫ 居時 jièshí　by then
到那個時候

周年慶時，百貨公司將全面打五折，居時應能吸引許多顧客。

⑬ 路徑 lùjìng　path
經過的路

颱風的路徑往往很難預測。

⑭ 若 ruò　if
書 如果

若住在迎風面地區，風勢、雨勢往往較大。

⑮ 較 jiào　comparatively more
書 1. 比較
2. 比

康芮颱風的暴風圈較大，恐轉成強颱。

今天氣溫較昨天稍低。

⑯ 將 jiāng　will
書 會、快要

氣象局將發布海上警報，提醒民眾注意。

⑰ 排除 páichú　to exclude
不要某個人、事、物

為了跟別家公司一較長短，我們公司不排除降低售價。

⑱ 發布 fābù　to announce
把重要消息公開告訴大家

公司發布了消息，下個月起，由張大年先生擔任總經理。

⑲ 海警 hǎijǐng　sea warning of typhoon
海上颱風警報 (jǐngbào, warning)

一般都是先發布海上颱風警報，然後再發布陸上颱風警報。

⑳ 秋意 qiūyì　feeling of autumn
秋天的感覺

㉑ 以來 yǐlái　since...
從…到現在

自 10 年前那次地震發生以來，本地未再出現強震。

㉒ 平地 píngdì　level ground
地面較平之處，與高山對比

平地的雨勢往往較山區的小。

㉓ 適時 shìshí　at adequate time
適當的時候

老闆也有考慮不足之處，要適時給他建議。

㉔ 調ㄊㄧㄠˊ 整ㄓㄥˇ　tiáozhěng　to adjust
覺得原來的不好、不夠，改變一下。
如：調整冷氣溫度

針對少子化現象，政府應該調整鼓勵生育的政策。

㉕ 位ㄨㄟˋ 於ㄩˊ　wèiyú　to be located at
📖 在（地方）

台北位於台灣的北部，而台灣位於中國的東南邊。

㉖ 公ㄍㄨㄥ 里ㄌㄧˇ　gōnglǐ　kilometer
長度的單位

台灣高速公路的汽車速度限制是 100 公里，不應該超速。

㉗ 以ㄧˇ　yǐ　to use (formal)
📖 用

颱風以每小時 20 公里速度向西前進。

㉘ 行ㄒㄧㄥˊ 進ㄐㄧㄣˋ　xíngjìn　to move
前進

根據氣象報導，本次強颱向東北行進的可能性最大。

㉙ 中ㄓㄨㄥ 心ㄒㄧㄣ　zhōngxīn　center
（颱風的）正中間

㉚ 風ㄈㄥ 速ㄙㄨˋ　fēngsù　wind speed
風的速度

㉛ 秒ㄇㄧㄠˇ　miǎo　second
一分鐘有六十秒

時間一去不回頭，每一分每一秒都要珍惜。

㉜ 瞬ㄕㄨㄣˋ 間ㄐㄧㄢ　shùnjiān　instantly
很短的時間

強烈的地震讓整棟大樓瞬間倒塌。

㉝ 上ㄕㄤˋ 限ㄒㄧㄢˋ　shàngxiàn　upper limit
最大的數量或最高程度的限制

很多人相信人的能力是無上限的。

㉞ 下ㄒㄧㄚˋ 限ㄒㄧㄢˋ　xiàxiàn　lower limit
數目的最低數量或時間的最後限制

這個價錢是本公司的下限，不能再降低了。

㉟ 模ㄇㄛˊ 式ㄕˋ　móshì　model
一種方式

便利商店的經營模式在台灣相當受歡迎。

㊱ 分ㄈㄣ 歧ㄑㄧˊ　fēnqí　discrepancy (between)
意見、看法不同

由於意見嚴重分歧，雙方根本無法溝通。

37 遠ㄩㄢˇ洋ㄧㄤˊ　yuǎnyáng　distant sea
遠處海洋

遠洋指的是離陸地(lùdì, land) 很遠的海洋。

38 抵ㄉㄧˇ達ㄉㄚˊ　dǐdá　to arrive at
到達

觀光客抵達台灣後，第一站往往是去逛夜市。

39 外ㄨㄞˋ圍ㄨㄟˊ　wàiwéi　surrounding (area)
圍在外面的部分

台北市外圍城鎮的房價較市中心低得多。

40 環ㄏㄨㄢˊ流ㄌㄧㄡˊ　huánliú　circulation
圓形的氣流

颱風的外圍環流快要影響到陸地了。

41 視ㄕˋ　shì　to depend on
書 看

人民是否能過好日子，得視政府政策的好壞。

42 拉ㄌㄚ長ㄔㄤˊ　lācháng　to enlarge
把時間、距離拉大

為了安全，開車時要拉長與前車的距離，才不會出車禍。

43 愈ㄩˋ　yù　the more...
書 越

政府預算愈來愈高，人民需要繳的稅也愈來愈多。

01 康ㄎㄤ芮ㄖㄨㄟˋ　Kāngruì　(typhoon) Kong-rey
颱風名字

02 鵝ㄜˊ鑾ㄌㄨㄢˊ鼻ㄅㄧˊ　Éluánbí　Eluanbi
地名，在屏東縣

03 潭ㄊㄢˊ美ㄇㄟˇ　Tánměi　(typhoon) Trami
颱風名字

1 （時間），屆時⋯若⋯，將⋯

颱風後天就會影響台灣，屆時颱風若持續增強，將帶來極大降雨量。

中秋節將至，屆時想回家過節的人若未事先購票，恐將無車可搭。

2 ⋯以來，⋯

入冬以來，冷氣團一波波報到，今日氣溫將降至 10 度。

東西方交流以來，相信風水的西方人逐漸增加。

3 位於

台灣與美國位於大西洋的兩邊。

位於空曠地區的住宅，颱風帶來的災害較大。

4 愈來愈

社會愈來愈複雜，大家焦慮的情況也愈來愈嚴重。

隨著醫療的發達，人類的生命愈來愈長了。

課文理解與討論 ▸▸

① 康芮颱風今明兩天有什麼變化？

② 氣象局大概什麼時候會發布海上颱風警報？

③ 周三起北部、東半部的沿海會出現什麼現象？

④ 本周的氣溫降低是受到什麼影響？

⑤ 早出晚歸者為什麼需要注意穿著？

⑥ 康芮颱風一定會直接影響台灣嗎？

⑦ 周四到周六的雨勢如何？

⑧ 周三後，台灣東半部沿海的情況如何？

⑨ 你們國家是否也有颱風？哪個季節較多？

⑩ 說說你所碰過最可怕的颱風是什麼情形。

⑪ 若貴國沒有颱風，有沒有其他的天災？

❶ 查查資料，報告颱風是怎麼形成的？

❷ 請參考颱風命名之原則，看看與你們國家有關的名字有什麼意義或代表性？

❸ 2019 年第 6 個颱風「百合」侵襲日本，給日本帶來強風、大雨，「百合」是哪個國家命名的？意思是什麼？

附錄：太平洋颱風取名規則 ▶▶

　　依照世界氣象組織於西元 1998 年 12 月在菲律賓馬尼拉召開的第 31 屆颱風委員會決議，自西元 2000 年 1 月 1 日起，在國際航空及航海上使用之西北太平洋及南海地區颱風統一識別方式，除編號維持現狀外（例如西元 2004 年第 1 個颱風編號為 0401），颱風名稱將全部更換，改編列為 140 個名字，共分 5 組，每組 28 個，分別由西北太平洋及南海海域的國家或地區計 14 個颱風委員會成員各提供 10 個，再由設於日本東京隸屬世界氣象組織之區域專業氣象中心 (RSMC) 負責依排定之順序統一命名。

　　中央氣象局最新版之颱風中文譯名及國際命名對照表如表 2-1，及颱風國際命名及原文涵義對照表如表 2-2。

表 2-1　西北太平洋及南海颱風中文譯名及國際命名對照表（2019 年 6 月更新）

來源	第 1 組	第 2 組	第 3 組	第 4 組	第 5 組
柬埔寨	丹瑞 Damrey	康芮 Kong-rey 2018 No.25	娜克莉 Nakri	科羅旺 Krovanh 2020 No.23	翠絲 Trases
中國大陸	海葵 Haikui	玉兔 Yutu	風神 Fengshen	杜鵑 Dujuan 2021 No.1	木蘭 Mulan
北韓	鴻雁 Kirogi	桔梗 Toraji	海鷗 Kalmaegi	舒力基 Surigae	米雷 Meari
香港	鴛鴦 Yun-yeung	萬宜 Man-yi	鳳凰 Fung-wong	彩雲 Choi-wan	馬鞍 Ma-on
日本	小犬 Koinu	天兔 Usagi	北冕 Kammuri	小熊 Koguma	蝎虎 Tokage
寮國	布拉萬 Bolaven	帕布 Pabuk	巴逢 Phanfone	薔琵 Champi	軒嵐諾 Hinnamnor
澳門	三巴 Sanba	蝴蝶 Wutip	黃蜂 Vongfong 2020 No.1	煙花 In-Fa	梅花 Muifa
馬來西亞	鯉魚 Jelawat	聖帕 Sepat	鸚鵡 Nuri	查帕卡 Cempaka	莫柏 Merbok

來源	第1組	第2組	第3組	第4組	第5組
米克羅尼西亞	艾維尼 Ewiniar	木恩 Mun	辛樂克 Sinlaku	尼伯特 Nepartak	南瑪都 Nanmadol
菲律賓	馬力斯 Maliksi	丹娜絲 Danas	哈格比 Hagupit	盧碧 Lupit	塔拉斯 Talas
南韓	凱米 Gaemi	百合 2019 No.06 Nari	薔蜜 Jangmi	銀河 Mirinae	諾盧 Noru
泰國	巴比侖 Prapiroon	薇帕 Wipha	米克拉 Mekkhala	妮妲 Nida	庫拉 Kulap
美國	瑪莉亞 Maria	范斯高 Francisco	無花果 Higos	奧麥斯 Omais	洛克 Roke
越南	山神 Son-Tinh	利奇馬 Lekima	巴威 Bavi	康森 Conson	桑卡 Sonca
柬埔寨	安比 Ampil	柯羅莎 Krosa	梅莎 Maysak	璨樹 Chanthu	尼莎 Nesat
中國大陸	悟空 Wukong	白鹿 Bailu	海神 Haishen	電母 Dianmu	海棠 Haitang
北韓	雲雀 Jongdari	楊柳 Podul	紅霞 Noul	蒲公英 Mindulle	奈格 Nalgae
香港	珊珊 Shanshan	玲玲 Lingling	白海豚 Dolphin	獅子山 Lionrock	榕樹 Banyan
日本	摩羯 Yagi	劍魚 Kajiki	鯨魚 Kujira	圓規 Kompasu	山貓 Yamaneko
寮國	麗琵 Leepi	法西 Faxai	昌鴻 Chan-hom	南修 Namtheun	帕卡 Pakhar
澳門	貝碧佳 Bebinca	琵琶 Peipah	蓮花 Linfa	瑪瑙 Malou	珊瑚 Sanvu
馬來西亞	棕櫚 Rumbia	塔巴 Tapah	南卡 Nangka	妮亞圖 Nyatoh	瑪娃 Mawar
米克羅尼西亞	蘇力 Soulik	米塔 Mitag	沙德爾 Saudel	雷伊 Rai	谷超 Guchol

來源	第1組	第2組	第3組	第4組	第5組
菲律賓	西馬隆 Cimaron	哈吉貝 Hagibis	莫拉菲 Molave	馬勒卡 Malakas	泰利 Talim
南韓	燕子 Jebi	浣熊 Neoguri	天鵝 Goni	梅姬 Megi	杜蘇芮 Doksuri
泰國	山竹 Mangkhut	博羅依 Bualoi	閃電 Atsani	芙蓉 Chaba	卡努 Khanun
美國	百里嘉 Barijat	麥德姆 Matmo	艾陶 Etau	艾利 Aere	蘭恩 Lan
越南	潭美 2018 No.24 Trami	哈隆 Halong	梵高 Vamco	桑達 Songda	蘇拉 Saola

表 2-2　2019 年西北太平洋及南海颱風國際命名及原文涵意對照表（節選）

來源	第1組	第2組	第3組	第4組	第5組
柬埔寨	Damrey 象	Kong-rey 女子名	Nakri 花名	Krovanh 樹名	Trases 啄木鳥
北韓	Kirogi 候鳥	Toraji 花名	Kalmaegi 海鷗	Surigae 鷹	Meari 回音
香港	Yun-yeung 動物	Man-yi 水庫名	Fung-wong 山名	Choi-wan 建築物名	Ma-on 山名
菲律賓	Maliksi 快速	Danas 經驗	Hagupit 鞭撻	Lupit 殘暴	Talas 銳利
南韓	Gaemi 螞蟻	Nari 百合	Jangmi 薔薇	Mirinae 銀河	Noru 鹿
中國大陸	Wukong 美猴王	Bailu 白色的鹿	Haishen 海神	Dianmu 女神名	Haitang 海棠
寮國	Leepi 瀑布名	Faxai 女子名	Chan-hom 樹名	Namtheun 河流	Pakhar 淡水魚名
菲律賓	Cimaron 野牛	Hagibis 迅速	Molave 硬木	Malakas 強壯有力	Talim 刀刃

來源	第1組	第2組	第3組	第4組	第5組
南韓	Jebi 燕子	Neoguri 浣熊	Goni 天鵝	Megi 鯰魚	Doksuri 猛禽
泰國	Mangkhut 山竹果	Bualoi 泰式甜品	Atsani 閃電	Chaba 芙蓉花	Khanun 波羅蜜
越南	Trami 薔薇	Halong 風景區名	Vamco 河流	Songda 紅河支流	Saola 動物名

附錄：兩篇主新聞內容的簡體字版 ▸▸

第一課 本周东、北部都湿冷
东北风连发　下探18度

　　本周有两波东北风接力报到。中央气象局指出，今（8）日受到东北风持续影响，迎风面北部、东半部仍有降雨，尤其是宜兰雨势较为明显，后天又有一波新的东北风且冷空气较强，北部、东北部空旷地区低温下探18度。

　　气象局指出，今（8）日受东北风持续影响，东北部地区有短暂阵雨，并有局部大雨发生的机率，北部、东部、东南部地区及恒春半岛有局部短暂雨，中南部地区大多为晴到多云，仅山区有午后局部雷阵雨；温度方面，此波东北风各地早晚天气稍凉，中南部地区须注意日夜温差大，各地低温约在22至24度；白天各地高温28至32度，西半部高温均可达30度以上。

　　到了明天，气象局预报员李孟轩表示，明天东北风稍微减弱，有个小空档，尽管迎风面北部、东半部仍有局部短暂阵雨，但整体降雨状况趋缓；各地夜晚及清晨低温约22至24度，白天各地气温稍回升，高温约29至33度，中南部日夜温差大，达10度左右。

　　后天起，东北风再度增强，李孟轩说，北部、东半部地区会有短暂雨，且由于冷空气比较强，北部、东北部低温约20度，若是沿海空旷地区，低温有机会再下降1~2度。预计本周北部、东半部就是持续湿湿冷冷的天气，早晚需多注意日夜温差。

康芮恐转强台 周五影响最大
东北部注意长浪 淡水今晨19度入秋最低温

中台康芮今天持续增强，暴风圈半径扩大，最快明天升级成强台。中央气象局说，康芮移动速度减缓，周五最接近台湾，届时路径若离台湾较近，将不排除发布海警。周三起北部、东半部沿海就会出现长浪，周四至周六北部及东北部有明显降雨。

另外，本周东北风带来凉空气，各地早晚出现「秋意」。今天清晨5点23分淡水出现19.1度，是入秋以来平地最低温纪录。提醒民众，西半部平地日夜温差可达10度以上，早出晚归须适时调整穿着。

康芮今天上午位于鹅銮鼻东南东方1750公里，以每小时16公里速度，向西北行进。近中心最大风速每秒43公尺，瞬间最大阵风每秒53公尺，七级风半径200公里，十级风半径80公里。

气象局预报员林伯东说，康芮将增强到中台上限至强台下限，周三、周四达到生命最强期。目前各国模式对康芮路径分歧仍大，可能像潭美一样在远洋北转，也可能抵达台湾东部近海，对台影响会较大。

林伯东说，受康芮外围环流影响，北部、东北部周四至周六出现降雨，雨势多大须视康芮离台多近，但一定比平常明显，降雨时间也会拉长。北部、东半部、恒春半岛周三之后就会出现长浪，随着康芮逐渐接近台湾，长浪愈来愈大。

物價上漲

學習目標

1 能理解物價上漲相關新聞資訊
2 能運用物價上漲相關詞彙
3 能了解書面用語及專有名詞

速食業調漲

麥當勞跟進　漢堡、雞腿漲 3 元

課前閱讀

請看新聞標題，再回答以下問題：

❶ 這則新聞主題跟什麼有關？

❷ 其他速食店的東西也漲價嗎？

❸ 麥當勞是最先漲價的連鎖店嗎？

麥當勞跟進　漢堡、雞腿漲 3 元

【記者吳奕萱／台北報導】元月才過一半，餐飲業「漲」聲響起，繼去年 1 月針對蘋果派、薯條等點心類商品漲價，麥當勞昨（15日）公布將自 23 日起新一波調價與更換菜單計畫，總計新增 9 項新品、停售 12 項商品，套餐平均漲幅 0.8%，原本每套 154 元的麥脆雞套餐自 23 日起不再供應。

連鎖品牌一波接一波漲價，包括鬍鬚張、拿坡里、肯德基、麥當勞、三商巧福與多家手搖杯連鎖紛紛調價，看似漲個 5 元 10 元不多，但飲食消費是日常生活，日積月累卻相當驚人，尤其在薪資幾乎凍漲、物價頻頻波動下，民眾的「被剝奪感」更深了。據已宣布漲價的業者表示，成本上漲來自於整體環境，除原物料上漲，元旦起基本工資提高也是因素。

麥當勞這波調價，大部分都是調升 3 元，例如超值全餐主餐 5 項漢堡類，包括大麥克、雙層牛肉吉事堡、勁辣雞腿堡、嫩煎雞腿堡與黃金起司豬排堡，都是調升 3 元；至於早餐類蛋堡與滿福堡系列也是調升 3 元，平均調幅約 1.6%。也有部分商品降價，例如麥脆雞翅降價 7 元、McCafé 有 8 項鮮奶茶全面調降 10 元。

以雞肉商品調價為例，肯德基單點炸雞漲 6 元、麥當勞單點雞腿則漲 3 元，財團法人中央畜產會觀察，其實雞肉原物料價格並無提高，反而比去年低；農委會畜牧處家禽生產科也指出，毛雞目前 1 台斤成本 24.5 元，比去年 30.8 元便宜，且毛雞的飼養量還比去年多，肉

類成本應無變化，連鎖餐飲要考量的因素更廣，非單單只看雞肉成本。

台灣經濟研究院景氣預測中心主任孫明德指出，國際原物料價格確實上漲，包括黃豆、小麥和玉米，連鎖企業較有調漲條件，路邊攤、小品牌較沒本錢漲價。

孫明德表示，元旦起基本時薪調至 150 元，時薪調得還比月薪多，大量使用工讀生的連鎖餐飲首當其衝；不過政府幫員工加薪是好事，也不該用「轉嫁成本」到消費者這樣的用詞。

（取自 2019/1/16 中國時報）

01 跟進 gēnjìn　to follow
跟著進行

02 元月 yuányuè　January
一月

03 繼 jì　after..., following...
書 在…之後

中國石油公司繼今年三月公布石油價錢上漲後,昨天又公布將再漲 0.3 元。

04 蘋果派 píngguǒpài　apple pie

05 漲價 zhǎngjià　to raise price
價錢上漲

06 公布 gōngbù　to announce
讓大家知道消息

學校昨天在網路上公布了錄取學生的名單。

07 調價 tiáojià　to adjust the price
調整價錢

各家超商皆宣布含奶咖啡將調價。

08 更換 gēnghuàn　to change
換

那家餐廳每個月都會更換新菜單。

09 總計 zǒngjì　total
全部加起來一起算

這次演唱會總計有兩萬多人參加。

10 停售 tíngshòu　to stop selling
停止販賣

舊型的手機早就已經停售了,市場上可能買不到了。

11 套餐 tàocān　set meal
配好成一套的餐點

12 漲幅 zhǎngfú　the range of the price increase
上漲的幅度

這個月的物價漲幅大約 0.3%,比上個月下降了一點。

13 脆 cuì　crispy

14 供應 gōngyìng　to supply
提供需要的東西

學校餐廳在 9 點以後就不供應餐飲了。

⑮ 品牌 pǐnpái　brand
（比較有名的）牌子

這雙球鞋的品牌非常有名，所以價錢當然很貴。

⑯ 手搖杯 shǒuyáobēi　hand-shaken drink

⑰ 紛紛 fēnfēn　in droves
一個接著一個

許多商家因負擔不了持續上漲的房租而紛紛搬離那個地區。

⑱ 似 sì　it seems like
書 好像

外面傳來一陣聲響，聽似發生了車禍。

天空一片黑暗，看似要下一場大雨了。

⑲ 日積月累 rìjī yuèlěi　to accumulate
經過長時間的累積

語言能力是日積月累慢慢學習來的，不是一天就可以學會的。

⑳ 驚人 jīngrén　astonishing, amazing

他進步的速度十分驚人，短短一個月就趕上其他同學了。

㉑ 凍漲 dòngzhǎng　to freeze the price
停止漲價

因為選舉的關係，油價、電價都暫時凍漲。

㉒ 頻頻 pínpín　frequently
連續多次

由於在這個十字路口頻頻發生車禍，警方決定增設紅綠燈。

㉓ 波動 bōdòng　fluctuation
不穩定

因為中東戰爭的關係，油價波動得很厲害。

㉔ 剝奪 bōduó　to deprive, to expropriate
以不合理的方式搶走別人的權利

你讓他繼續說，你不能剝奪他說話的權利。

㉕ 宣布 xuānbù　to announce
公開地 (in public) 告訴大家

政府將在今天晚上 8 點宣布選舉結果。

㉖ 業者 yèzhě　business owner
營業的人

三家超商業者將同時調高咖啡的價格，引起消費者不滿。

㉗ 於 yú　from
書 從

台灣一些原物料來自於外國。

㉘ 原物料 yuánwùliào　commodities

由於原物料上漲，麵包業者不得不跟著漲價。

㉙ 元旦 yuándàn　January 1
一月一日，一年的第一天

㉚ 工資 gōngzī　salary, wage
員工的薪水

㉛ 因素 yīnsù　factor
事物發展的原因

社會是否安定，經濟是重要因素之一。

㉜ 調升 tiáoshēng　to raise
（價錢、工資）調整後上升

政府公布將在今年七月一日起調升基本工資。

㉝ 超值 chāozhí　super valuable
超過應有的價值

這麼大的漢堡才賣 50 元，真是超值。

㉞ 勁 jìng　strongly, extremely
強烈，勁辣：非常辣

㉟ 嫩 nèn　tender

㊱ 黃金 huángjīn　gold

37	起司	qǐsī	cheese

38	系列	xìliè	series 一套性質相近或相關的事物

漢堡系列的產品都因為原物料上漲而漲價。

39	降價	jiàngjià	to lower the price 降低價錢

40	雞翅	jīchì	chicken wing

41	以	yǐ	take...as 書 拿、用

政府不應該以少數人的意見決定政策。

42	單點	dāndiǎn	entrée 只點一個餐點，不是套餐

43	則	zé	conjunction used to express contrast with previous sentence 書 表示轉折 (zhuǎnzhé)

便利商店將調漲牛奶價錢，超市則不調整。

44	財團法人	cáituán fǎrén	corporate

45	並（不／沒）	bìng (bù/ méi)	it's not.../ there is no... 書 加強否定

新聞說咖啡全面漲價，但並不是所有咖啡連鎖店都漲價。

46	無	wú	no, none 沒有

這次颱風對台灣北部地區並無影響。

47	畜牧	xùmù	animal husbandry

48	家禽	jiāqín	poultry

49	毛雞	máojī	live chicken 還沒有殺的活雞

50	台斤	Táijīn	catty (600 g) 台灣算重量的制度，1 台斤 ＝ 600 公克

51 飼養 sìyǎng　to raise, to rear
給動物食物吃

現在飼養雞鴨的環境已經改善很多了。

52 量 liàng　amount, quantity
數量，如：供應量、飼養量

53 考量 kǎoliáng　to consider, consideration
考慮

這次漲價不只是因為原物料價錢上漲，人事成本也是考量因素之一。

54 廣 guǎng　broad
很寬、很大

這堂課討論的內容很廣，包括各種知識。

55 非 fēi　not
書 不是

這件事非一個人的力量可以完成，必須集合大家的力量。

56 單單 dāndān　simply...
只

他什麼事都考慮到了，單單他自己的事卻忘了。

57 黃豆 huángdòu　soybean

58 小麥 xiǎomài　wheat

59 玉米 yùmǐ　corn

60 路邊攤 lùbiāntān　roadside vending stand
在路邊的攤子

61 本錢 běnqián　ability, capital
能力，成本

他年紀不小了，沒有本錢再從頭開始創業。

他的本錢不夠，只能做一點小生意。

62 時薪　shíxīn　hourly pay
每個小時的薪水

一般速食店工讀生的時薪，大概一百多塊。

63 月薪　yuèxīn　monthly pay
每個月的薪水

64 工讀生　gōngdúshēng　working student
一邊念書一邊工作的學生

65 首當其衝　shǒudāngqíchōng　to be the first to bear the brunt
最先受到影響的

這次颱風將自東部入台，首當其衝的就是台東及花蓮地區。

66 轉嫁　zhuǎnjià　to pass...on to...
把應該要負的責任、損失放到別人身上

速食業者把所有漲價的成本都轉嫁到消費者身上。

67 用詞　yòngcí　wording
使用的詞彙

這封信的用詞不太適當，不夠禮貌。

專有名詞 Proper Noun

01 鬍鬚張　Húxūzhāng　Formosa Chang
滷肉飯的連鎖店

02 拿坡里　Nápōlǐ　Napoli
披薩店

03 肯德基　Kěndéjī　KFC
炸雞店

04 三商巧福　Sānshāng qiǎofú　Mercuries Fastfood
牛肉麵的連鎖店

05 中央畜產會　Zhōngyāng xùchǎnhuì　National Animal Industry Foundation

06	農ㄋㄨㄥ委ㄨㄟ會ㄏㄨㄟ	Nóngwěihuì	Council of Agriculture
07	畜ㄒㄩ牧ㄇㄨ處ㄔㄨ	Xùmùchù	Department of Animal Industry
08	家ㄐㄧㄚ禽ㄑㄧㄣ生ㄕㄥ產ㄔㄢ科ㄎㄜ	Jiāqín shēngchǎn kē	Section of Poutry Production
09	台ㄊㄞ灣ㄨㄢ經ㄐㄧㄥ濟ㄐㄧ研ㄧㄢ究ㄐㄧㄡ院ㄩㄢ	Táiwān jīngjì yánjiù yuàn	Taiwan Institute of Economic Research
10	景ㄐㄧㄥ氣ㄑㄧ預ㄩ測ㄘㄜ中ㄓㄨㄥ心ㄒㄧㄣ	Jǐngqì yùcè zhōngxīn	Macroeconomic Forecasting Center

句型 Sentence Pattern

1 繼…V（後）

政府繼六年前調整薪水後，今年終於將再加薪 3%。

各家超商繼牛奶漲價後，所有裡面有牛奶的飲料也跟著漲價。

2 看似…，但…卻…

這次颱風看似不太強烈，但部分山區卻災情慘重。

一些日用品的價錢看似漲得不多，但對人民的生活卻有很大的影響。

3 以⋯為例

台灣的公共交通非常方便，以捷運為例，每 5 分鐘就有一班車。

速食業者紛紛漲價，以麥當勞為例，大部分產品都漲了 3 ～ 5 塊。

4 ⋯並無⋯，反而⋯

颱風已經離開台灣，但雨勢並無減緩的趨勢，反而更大了。

雖然已不舉行聯考了，但學生的壓力並無減少，反而更大了。

5 非單單只⋯

要成功非單單只靠努力，運氣也是因素之一。

要使我們的城市乾淨美麗，需要大家一起努力，非單單只靠政府的政策。

課文理解與討論 ▶▶

❶ 今年一月餐飲業的商品價格有什麼變化？請以麥當勞為例說明。

❷ 除了麥當勞漲價以外，其他連鎖品牌呢？

❸ 這些餐飲業的漲幅高嗎？對民眾來說，有什麼感覺？為什麼？

❹ 根據業者表示，漲價的原因是什麼？

❺ 請說明麥當勞這一波各項產品的調價情形。

❻ 速食業者的雞肉商品價錢調漲的情形如何？畜產會認為業者提出的理由合理嗎？

❼ 原物料上漲，所有業者都會調漲商品的價格嗎？為什麼？

❽ 這次元旦調整時薪，對誰的影響比較大？為什麼？

❾ 你認為物價上漲原因有哪些？

❿ 你同意將成本價錢轉嫁到消費者身上嗎？為什麼？

⓫ 比較貴國麥當勞大麥克跟其他國家大麥克的價錢，是否可看出各國的物價情況？

❶ 請參考下圖麥當勞的菜單，再按照右方的文字說明調整，於
41 頁製作一份新的菜單價目表。

超值全餐

1 大麥克
經典套餐$135

2 雙層牛肉吉士堡
經典套餐$125

3 安格斯黑牛堡
經典套餐$149

4 嫩煎雞腿堡
經典套餐$135

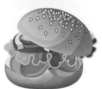

5 麥香雞
經典套餐$105

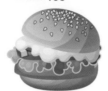

6 麥克雞塊（6塊）
經典套餐$119

7 麥克雞塊（10塊）
經典套餐$159

8 勁辣雞腿堡
經典套餐$135

9 麥脆雞腿（2塊）
經典套餐$160

10 麥脆雞翅（10塊）
經典套餐$159

11 黃金起司豬排堡
經典套餐$125

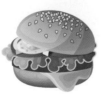

12 麥香魚
經典套餐$115

13 千島黃金蝦堡
經典套餐$125

這波調價皆調升3元，包括超值全餐5項漢堡類：大麥克、雙層牛肉吉事堡、勁辣雞腿堡、嫩煎雞腿堡與黃金起司豬排堡，都是調升3元，其他則凍漲。

超值全餐

1 大麥克
經典套餐$

2 雙層牛肉吉士堡
經典套餐$

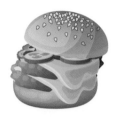

3 安格斯黑牛堡
經典套餐$

4 嫩煎雞腿堡
經典套餐$

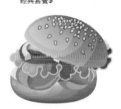

5 麥香雞
經典套餐$

6 麥克雞塊（6塊）
經典套餐$

7 麥克雞塊（10塊）
經典套餐$

8 勁辣雞腿堡
經典套餐$

9 麥脆雞腿（2塊）
經典套餐$

10 麥脆雞翅（10塊）
經典套餐$

11 黃金起司豬排堡
經典套餐$

12 麥香魚
經典套餐$

13 千島黃金蝦堡
經典套餐$

油價凍漲

下周汽油可望凍漲　柴油估貴 0.3 元

課前閱讀

請看新聞標題，再回答以下問題：

❶ 所有的油價都會漲價嗎？

❷ 油價下周有什麼樣的變化？

下周汽油可望凍漲　柴油估貴 0.3 元

受國際油價大漲影響，依浮動油價公式計算，原預估後天起汽油零售價格每公升將大漲 1.6 元、柴油則漲 0.7 元，但因浮動油價機制訂有「亞鄰競爭國最低價」規定，因此，後天起國內汽油價格可望不調整，柴油則估漲 0.3 元。

「亞鄰」規定限制

受沙國承諾下月起擴大減產幅度、委內瑞拉原油產量維持低檔等因素影響，最近國際油價呈上漲趨勢，累算至前天的指標原油周均價為 66.62 美元，較上周 63.54 美元漲 3.08 美元，加上新台幣兌美元匯率貶值，估算後天起汽、柴油零售價格，每公升約各調漲 1.6 元、0.7 元。

不過，因現行浮動油價機制訂有「亞鄰競爭國最低價」規定，油價不得高於日本、韓國、香港、新加坡價格，因近期韓國油價走低，在納入此因素後，後天起國內汽油價格估將不調整，92 無鉛汽油維持每公升 26.3 元，95 無鉛汽油 27.8 元，98 無鉛 29.8 元；柴油則估漲 0.3 元，每公升 25.4 元。油價預估值僅供參考，實際調幅以業者明天公布為準。

將檢討油價公式

台灣中油則指出，2007 年起國內油價公式訂定「亞鄰競爭國最低價」，原本是考量穩定國內物價，近期因韓國油商展開油價割喉戰削價競爭，才會使國內油價受亞鄰最低價影響，目前正著手研擬檢討油價公式中的「亞鄰競爭國最低價」限制，但油價公式檢討方案仍在討論中，最後還須呈報經濟部定案。

■ 記者許麗珍

（取自 2019/2/23 台灣蘋果日報）

01	汽油	qìyóu	gasoline
02	可望	kěwàng	may, to be expected to ... 書 可以希望，可能

那位候選人，根據目前受歡迎的情況來看，可望當選。

03	柴油	cháiyóu	diesel oil
04	估	gū	to be estimated to... 書 預計

這次颱風造成的損失初估高達幾千萬元。

05	依	yī	according to 書 按照

依氣象局發布的消息，康芮颱風可能轉為強颱。

06	浮動	fúdòng	floating 根據情況調整價格（除了油價，還有匯率等）
07	公式	gōngshì	formula
08	計算	jìsuàn	to calculate 算

速食業這一波漲價主要是因為要把員工加薪的成本計算在內。

09	原	yuán	orginally 書 原來

大麥克漢堡原為 105 元，調漲後為 110 元。

10	預估	yùgū	to estimate, to anticipate 預先大概計算

政府預估今年農產品的生產量將增加 3%。

11	零售	língshòu	retail

一般超商賣的東西是零售價格，當然比大賣場賣的貴。

12	公升	gōngshēng	liter
13	機制	jīzhì	mechanism

物價高低應該是根據市場機制而定。

14	亞鄰	Yàlín	neighboring Asian countries 亞洲鄰國
15	減產	jiǎnchǎn	to decrease production 減少生產

⑯ 幅ㄈㄨˊ度ㄉㄨˋ　　fúdù　　range; scope
事情變化的程度

這次餐飲業調漲的幅度驚人，50 元的產品調了 5 元，調幅高達 10%。

⑰ 原ㄩㄢˊ油ㄧㄡˊ　　yuányóu　　crude oil

⑱ 產ㄔㄢˇ量ㄌㄧㄤˋ　　chǎnliàng　　amount of production
生產的數量

⑲ 維ㄨㄟˊ持ㄔˊ　　wéichí　　to manitain
繼續跟現在一樣的情況

有一些人不喜歡改變，希望能一直維持現在的。

對農人來說，土地是維持生活的重要資源。

⑳ 低ㄉㄧ檔ㄉㄤˇ　　dīdǎng　　at a low level
1. 價格在較低程度
2. 產品品質較低

目前黃金價格正在低檔，是買進的好機會。

㉑ 呈ㄔㄥˊ　　chéng　　to show
書 表現出來

因為中美貿易戰，各國經濟呈緊張趨勢。

㉒ 累ㄌㄟˇ算ㄙㄨㄢˋ　　lěisuàn　　to sum up
累積計算

從今年一月累算至今（五月），油價已漲了 3 美元。

㉓ 指ㄓˇ標ㄅㄧㄠ　　zhǐbiāo　　index; target
可以作為參考的數值

歐元 (EUR) 是目前發達國家的風險指標，股市漲跌跟歐元息息相關。

㉔ 周ㄓㄡ均ㄐㄩㄣ價ㄐㄧㄚˋ　　zhōujūnjià　　average price of the week
一周的平均價格

㉕ 兌ㄉㄨㄟˋ　　duì　　to exchange
換（錢）

㉖ 匯ㄏㄨㄟˋ率ㄌㄩˋ　　huìlù　　exchange rate

㉗ 貶ㄅㄧㄢˇ值ㄓˊ　　biǎnzhí　　depreciate
價值變低

匯率貶值，對以出口為主的國家有好處。

㉘ 估算　gūsuàn
to estimate
大概計算

我們先估算一下參加的人數，再決定要準備的餐點數量。

㉙ 現行　xiànxíng
current (laws, rules)
現在正在用的（法律、規定）

現行的一些法律跟不上時代的需要，所以要修改。

㉚ 不得　bùdé
shall not
不可以

沒有學生證的學生，不得享受折扣。

㉛ 高於　gāoyú
higher than...
比…高

今年夏天的平均氣溫高於去年，地球暖化的情形越來越嚴重了。

㉜ 近期　jìnqí
in the near future
最近這段時期

一些不合時代的法律規定，將在近期內修改。

㉝ 走低　zǒudī
to go down
有越來越低的趨勢

原油的價格一直走低，國內的油價卻沒有下跌。

㉞ 納入　nàrù
to include, to take into
放入

商品價格是否調漲，人事成本也是需納入考量的因素。

㉟ ～值　zhí
value
用數目表示一個量的多少（如：產值、幣值）

今年氣候穩定，農業的生產值高於過去幾年。

㊱ 僅供　jǐngōng
to be for...only
只提供

本校的電腦設備僅供本校學生使用，外校生不得使用。

㊲ 以…為準　yǐ wéizhǔn
subject to...
把…當作標準

廣告上的照片僅供參考，必須以實際商品為準。

38 檢ㄐㄧㄢ討ㄊㄠ jiǎntǎo
to reflect on (oneself)
事情做完以後，對產生的結果進行檢查、討論

每一項工作完成以後，應該要檢討做得如何，是否需要改進。

39 訂ㄉㄧㄥ定ㄉㄧㄥ dìngdìng
to set up (rules)
經過研究、商量以後訂下
（規定、目標、計畫、合約等）

雙方經過討論後，訂定了必須遵守的規則。

40 展ㄓㄢ開ㄎㄞ zhǎnkāi
to start (a new phase)
開始（長時間的活動，如：戰爭、新生活、行動、工作、計畫、調查）

大一的新生在學長姐的歡迎聲中展開新生活。

41 割ㄍㄜ喉ㄏㄡ戰ㄓㄢ gēhóuzhàn
cut-throat competition
激烈的競爭情況

這兩家餐飲業進入割喉戰，雙方都推出最低的價錢吸引消費者。

42 削ㄒㄧㄠ價ㄐㄧㄚ xiāojià
to cut price
不管成本地降低價錢

削價競爭看似對消費者有好處，實際上品質可能有問題。

43 著ㄓㄨㄛ手ㄕㄡ zhuóshǒu
to start (doing)
動手開始做

為了提供學生更好的學習環境，學校正著手改善電腦設備。

44 研ㄧㄢ擬ㄋㄧ yánnǐ
to study and work out (plans)
研究、計畫

政府著手研擬改革稅制。

45 方ㄈㄤ案ㄢ fāng'àn
plan, program
工作或行動的計畫

那家速食業者將研擬推出適合老年人的餐飲方案。

46 呈ㄔㄥ報ㄅㄠ chéngbào
to submit (a report)
向地位高的人報告

他把這個月的工作成績呈報給主管看。

47 定ㄉㄧㄥ案ㄢ dìng'àn
to decide
確定方案

這個方案仍在研擬當中，尚未定案。

01	沙ㄕㄚ國ㄍㄨㄛ	Shāguó	Saudi Arabia 沙烏地阿拉伯
02	委ㄨㄟ內ㄋㄟ瑞ㄖㄨㄟ拉ㄌㄚ	Wěinèiruìlā	Venezuela
03	指ㄓ標ㄅㄧㄠ原ㄩㄢ油ㄧㄡ	zhǐbiāo yuányóu	reference oil price 最具有指標性的原油是 WTI（西德州原油）與 Bu Kunlun crude oil（北海布崙特原油）
04	美ㄇㄟ元ㄩㄢ	Měiyuán	U.S. dollar
05	新ㄒㄧㄣ台ㄊㄞ幣ㄅㄧ	Xīntáibì	N.T. dollar
06	無ㄨ鉛ㄑㄧㄢ汽ㄑㄧ油ㄧㄡ	wúqiān qìyóu	unleaded gasoline
07	台ㄊㄞ灣ㄨㄢ中ㄓㄨㄥ油ㄧㄡ	Táiwān Zhōngyóu	CPC Corporation, Taiwan 台灣的石油公司
08	經ㄐㄧㄥ濟ㄐㄧ部ㄅㄨ	Jīngjìbù	Ministry of Economic Affairs

句型 *Sentence Pattern*

1 依…計算

依目前的匯率計算，今年上半年進入國內的外資高達 5600 億。

現在計程車的收費方式，行進時是依距離計算，但停等時是依時間計算。

2 呈…趨勢

颱風已經呈減緩趨勢，預計不會造成太大損失。

今年因為風災的關係，經濟成長呈下降趨勢。

3 不得…

在一些國家規定未滿 18 歲不得飲酒，因此很多地方不賣酒給青少年。

台北捷運規定不得在車內飲食。

4 Vs 於…

預估今年的經濟成長將高於過去五年。

申請獎學金的成績不得低於 80 分。

5 …，…則…

美元目前呈走低趨勢，歐元則漲 0.1 元。

明天北部受東北風影響將有短暫陣雨，中南部地區則為多雲到晴的天氣。

6 以…為準

所有停課的消息，都將以政府公布的為準，網路消息不可相信。

這題的標準答案以課本內容為準，其他回答都不算對。

課文理解與討論 ▸▸

❶ 油價從後天起將有什麼變化？原因是什麼？

❷ 為什麼柴油調整，可是汽油不調整？

❸ 國際油價受到哪些因素影響而上漲？

❹ 台灣油價除了受國際油價的影響以外，還有別的因素嗎？

❺ 「亞鄰競爭國最低價」是什麼意思？

❻ 後天起國內油價預估各為多少？

❼ 制定「亞鄰競爭國最低價」原本的目的是什麼？

❽ 目前這政策會改變嗎？為什麼？

❾ 最後由誰決定油價的公式？

❿ 你想國際油價波動最大的原因是什麼？

⓫ 「亞鄰競爭國最低價」這樣的限制，在你的國家有嗎？你認為有必要嗎？

❶ 請根據下圖說明今日與明日的油價。

油價公告

中油已公告：明日起，汽油每公升

漲 ↑ **0.3**

柴油預計漲0.4

今日油價

	中油	台塑
92無鉛	26.5	26.5
95無鉛	28.0	27.9
98無鉛	30.0	30.0
超級柴油	25.5	25.3

本周油價	尚無資料	即時油價	67.02
本周匯率	尚無資料	即時匯率	30.875
變動幅度	--		

❷ 請上網查並比較台灣的汽油價格跟你國家的汽油價格。

附錄：兩篇主新聞內容的簡體字版 ▸▸

第三课 麦当劳跟进　汉堡、鸡腿涨 3 元

元月才过一半，餐饮业「涨」声响起，继去年 1 月针对苹果派、薯条等点心类商品涨价，麦当劳昨（15 日）公布将自 23 日起新一波调价与更换菜单计画，总计新增 9 项新品、停售 12 项商品，套餐平均涨幅 0.8%，原本每套 154 元的麦脆鸡套餐自 23 日起不再供应。

连锁品牌一波接一波涨价，包括胡须张、拿坡里、肯德基、麦当劳、三商巧福与多家手摇杯连锁纷纷调价，看似涨个 5 元 10 元不多，但饮食消费是日常生活，日积月累却相当惊人，尤其在薪资几乎冻涨、物价频频波动下，民众的「被剥夺感」更深了。据已宣布涨价的业者表示，成本上涨来自于整体环境，除原物料上涨，元旦起基本工资提高也是因素。

麦当劳这波调价，大部分都是调升 3 元，例如超值全餐主餐 5 项汉堡类，包括大麦克、双层牛肉吉事堡、劲辣鸡腿堡、嫩煎鸡腿堡与黄金起司猪排堡，都是调升 3 元；至于早餐类蛋堡与满福堡系列也是调升 3 元，平均调幅约 1.6%。也有部分商品降价，例如麦脆鸡翅降价 7 元、McCafe 有 8 项鲜奶茶全面调降 10 元。

以鸡肉商品调价为例，肯德基单点炸鸡涨 6 元、麦当劳单点鸡腿则涨 3 元，财团法人中央畜产会观察，其实鸡肉原物料价格并无提高，反而比去年低；农委会畜牧处家禽生产科也指出，毛鸡目前 1 台斤成本 24.5 元，比去年 30.8 元便宜，且毛鸡的饲养量还比去年多，肉类成本应无变化，连锁餐饮要考虑的因素更广，非单单只看鸡肉成本。

台湾经济研究院景气预测中心主任孙明德指出，国际原物料价格确实上涨，包括黄豆、小麦和玉米，连锁企业较有调涨条件，路边摊、小品牌较没本钱涨价。

孙明德表示，元旦起基本时薪调至 150 元，时薪调得还比月薪多，大量使用工读生的连锁餐饮首当其冲；不过政府帮员工加薪是好事，也不该用「转嫁成本」到消费者这样的用词。

■第四课 下周汽油可望冻涨　柴油估贵 0.3 元

受国际油价大涨影响，依浮动油价公式计算，原预估后天起汽油零售价格每公升将大涨 1.6 元、柴油则涨 0.7 元，但因浮动油价机制订有「亚邻竞争国最低价」规定，因此，后天起国内汽油价格可望不调整，柴油则估涨 0.3 元。

「亚邻」规定限制

受沙国承诺下月起扩大减产幅度、委内瑞拉原油产量维持低档等因素影响，最近国际油价呈上涨趋势，累算至前天的指标原油周均价为 66.62 美元，较上周 63.54 美元涨 3.08 美元，加上新台币兑美元汇率贬值，估算后天起汽、柴油零售价格，每公升约各调涨 1.6 元、0.7 元。

不过，因现行浮动油价机制订有「亚邻竞争国最低价」规定，油价不得高于日本、韩国、香港、新加坡价格，因近期韩国油价走低，在纳入此因素后，后天起国内汽油价格估将不调整，92 无铅汽油维持每公升 26.3 元，95 无铅汽油 27.8 元，98 无铅 29.8 元；柴油则估涨 0.3 元，每公升 25.4 元。油价预估值仅供参考，实际调幅以业者明天公布为准。

将检讨油价公式

台湾中油则指出，2007 年起国内油价公式订定「亚邻竞争国最低价」，原本是考量稳定国内物价，近期因韩国油商展开油价割喉战削价竞争，才会使国内油价受亚邻最低价影响，目前正着手研拟检讨油价公式中的「亚邻竞争国最低价」限制，但油价公式检讨方案仍在讨论中，最后还须呈报经济部定案。

■记者许丽珍

喝酒開車

學習目標

第五課：酒駕重罰
第六課：酒精代謝效能

1. 能學會酒駕肇事相關詞彙
2. 能學會法律刑期相關詞彙
3. 能說明酒駕造成的影響
4. 能說明解酒酵素對人體之影響

酒駕重罰

酒駕祭重罰

受害者家屬29日陳情　促消滅酒駕

課前閱讀

請看新聞標題，再回答以下問題：

❶ 本則新聞與什麼事有關？

❷ 「受害者家屬」提出了什麼？

酒駕祭重罰

受害者家屬29日陳情　促消滅酒駕

【記者謝蕙蓮／台北報導】內政部統計，過去五年我國酒駕肇事奪走600條人命，修法遏止酒駕，在社會逐漸形成共識，本報從今天起一連三天推出酒駕專題報導，採訪酒駕受害者家屬面臨的苦痛，以及相關團體、醫界、律師等遏阻酒駕的解方。

目前在立法院，有20多個酒駕修法提案；法務部研擬的修法草案，也將酒駕致死朝殺人罪，再犯致死最重可判處死刑，並增訂沒收車輛條款。為了能在本會期盡速通過修法，反酒駕聯盟本月29日將號召酒駕受害者家屬、支持修法民眾，一起到立法院陳情，要求「嚴懲酒駕行為，還我們一條安全的路。」

「酒駕零容忍！」「人人都有可能是受害者！」反酒駕聯盟發起人李載忠說，除了修法加重酒駕肇事者刑期，更重要的是事前的防範。因此聯盟主張，只要攔查到酒駕，即使沒有肇事，也應沒收車輛或吊銷駕照一段時間，才能讓喝酒的人不敢開車上路。

每起酒駕致死或重傷事故，傷害的不僅是受害者個人，更造成一個家庭的破碎。李載忠說，法令太輕、法官希望家屬和解並輕判等，都造成台灣酒駕泛濫。他呼籲不分黨派立委加快修法腳步，這個會期盡速通過修法，減少酒駕事故的輪下冤魂。

（取自 2019/3/13 聯合晚報）

01 酒ㄐㄧㄡˇ駕ㄐㄧㄚˋ　jiǔjià　drunk driving
喝了酒駕駛汽車。駕：駕駛

酒駕非常容易出車禍。

02 重ㄓㄨㄥˋ罰ㄈㄚˊ　zhòngfá　to impose heavy punishment
重重處罰 (chǔfá, to punish)

政府計畫明年起重罰汙染河川的工廠。

03 祭ㄐㄧˋ　jì　to impose, to implement (a regulation)
📖 祭：本義是「祭拜」。本課延伸義為：「拿出、使用」

為了保護環境，政府祭出禁止商店提供塑膠吸管 (xīguǎn, straw) 的規定。

04 受ㄕㄡˋ害ㄏㄞˋ者ㄓㄜˇ　shòuhàizhě　victim
受到傷害的人

許多車禍的受害者一輩子都忘不了被撞到時的情況。

05 家ㄐㄧㄚ屬ㄕㄨˇ　jiāshǔ　family member
家人

醫院同意在手術後由家屬陪伴病人。

06 陳ㄔㄣˊ情ㄑㄧㄥˊ　chénqíng　to appeal to
向政府訴說自己覺得不合理的事情，希望政府能解決

河邊的居民向政府陳情，希望政府阻止建造化學工廠。

07 促ㄘㄨˋ　cù　to urge
📖 推動事情並期望能達到目的

人民促政府盡速解決空氣汙染問題。

08 消ㄒㄧㄠ滅ㄇㄧㄝˋ　xiāomiè　to eliminate
完全消除

世界上很多害蟲已經被消滅了。

09 過ㄍㄨㄛˋ去ㄑㄩˋ　guòqù　past
以前

過去幾年，物價的漲幅不小。

10 肇ㄓㄠˋ事ㄕˋ　zhàoshì　causing problem
做錯事並發生不好的結果

這起車禍的肇事責任在司機一個人身上。

11 奪ㄉㄨㄛˊ走ㄗㄡˇ　duózǒu　to claim (life, property)
搶走、拿走

那個強烈颱風奪走了十幾人的生命。

⑫ 修ㄒㄧㄡ法ㄈㄚˇ   xiūfǎ   to amend the laws
修改法律

時代不同了，有人希望政府修法，使相同性別的人可以結婚。

⑬ 遏ㄜˋ止ㄓˇ   èzhǐ   to stop, to prevent
阻止

政府應該遏止駭客盜用別人的資訊，免得狀況越來越嚴重。

⑭ 共ㄍㄨㄥˋ識ㄕˋ   gòngshì   consensus
有共同意見、看法

在國家獨立這個議題還沒形成共識以前，大家都可以表達自己的看法。

⑮ 專ㄓㄨㄢ題ㄊㄧˊ   zhuāntí   topic
專門的題目、議題

畢業前，每個學生都必須做一個專題報告，我選的專題是「基因改造的優缺點」。

⑯ 面ㄇㄧㄢˋ臨ㄌㄧㄣˊ   miànlín   to be faced with
面對一個將發生的情況、問題

氣溫不斷升高，地球上許多動物正面臨消失的威脅。

⑰ 以ㄧˇ及ㄐㄧˊ   yǐjí   and
書 和、跟、與

物價波動以及工資凍漲都使消費者購買力趨弱。

⑱ 律ㄌㄩˋ師ㄕ   lǜshī   lawyer

⑲ 遏ㄜˋ阻ㄗㄨˇ   èzǔ   to stop, to prevent
遏止、阻止

民眾認為需要訂定更嚴的法律，才能遏阻酒後開車的現象。

⑳ 解ㄐㄧㄝˇ方ㄈㄤ   jiěfāng   solution
解決的方案、方法

㉑ 提ㄊㄧˊ案ㄢˋ   tí'àn   proposal
提出一個方案

民眾希望關於禁止削價競爭的提案可以通過。

㉒ 草ㄘㄠˇ案ㄢˋ   cǎo'àn   draft
初步研擬的方案

如何重罰酒駕者的法律只是個草案，還沒通過。

㉓ 將ㄐㄧㄤ   jiāng   to (do)
書 把

政府將物價上漲的幅度納入調整薪資時的考量。

㉔ 致死 zhìsǐ to cause death
造成死亡 (wáng)

近年來，大眾已知預先準備，於是因強烈颱風致死的人數降低了。

㉕ 朝 cháo toward...
往…方向

政府的托育政策朝金錢補助方向提案，希望能提高生育率。

㉖ 殺人罪 shārénzuì homicide
殺人的罪，法律上常用「～罪」。

㉗ 犯 fàn to commit (crime) (v.); convict (n.)
V: 做了法律上禁止做的事
N: 犯法的人，如：酒駕犯

你以為酒後開車沒關係，卻是犯法的。

㉘ 判處 pànchǔ to sentence...to...
被法官判了…（～罪／～刑）

即使他犯了官商勾結的罪，也沒被判處死刑。

㉙ 死刑 sǐxíng death penalty
死罪

王先生因犯了殺人罪而被判處了死刑。

㉚ 增訂 zēngdìng to amend
增加訂定

政府計畫增訂不可以隨便漲價的規定。

㉛ 沒收 mòshōu to confiscate
某 (mǒu) 個人的東西被強迫 (qiǎngpò, to force) 收走

小張上課一直玩手機遊戲，老師氣得把他的手機沒收了。

㉜ 車輛 chēliàng vehicle
車子

㉝ 條款 tiáokuǎn term, clause
法律或合約上的一條條規定

辦手機門號時，合約上的那些條款常使人無法完全了解。

㉞ 會期 huìqí session
立法院開會的期間

㉟ 盡速 jìnsù as quickly as possible
盡量快一點

業者期待政府能盡速解決仿冒品增多的問題。

36 聯盟 liánméng alliance, federation
聯合想法相同的人組織成的團體

「愛家聯盟」是一個反對同性婚姻的團體。

37 號召 hàozhào to urge (the public)
請大家一起支持、參加

政府號召離鄉背井的年輕人回家鄉創業。

38 要求 yāoqiú to demand
要別人必須做某件事

大企業要求員工具備合作及吃苦的精神。

39 嚴懲 yánchéng to impose serious punishment
嚴格 (yángé, serious) 的懲罰 (chéngfá, punishment)

總統宣布若發生了官商勾結的狀況一定嚴懲。

40 行為 xíngwéi conduct
人的動作

兒童在法律上是沒有行為能力的，所以他們做的事都不能算是犯法的。

41 容忍 róngrěn to endure, to tolerate
包容、忍受

陳太太完全不能容忍先生外遇，所以跟他離婚了。

42 發起 fāqǐ to initiate, to launch
發動、開始

這個「吃素健康」運動是由許多人一起發起的，李先生也是發起人之一。

43 刑期 xíngqí term of imprisonment
刑罰的時間

許多受害者不滿目前酒後駕車的刑期太短，要求政府修法。

44 防範 fángfàn to prevent
防止 (fángzhǐ, to avoid) 某個不好的情況發生

強烈地震常造成嚴重災害，但是卻無法有效防範。

45 主張 zhǔzhāng to argue, to stand for or advocate, to contend
表達對某個議題的意見

即使到了 21 世紀，還是有男性主張養兒育女是女性的責任。

46 攔查 lánchá to conduct a spot check
攔下來檢查

警察在路邊攔查每輛汽車，看看是否有酒駕的情況。

47 應 yīng　should
　　書「應該」的縮略

酒駕肇事者應重罰，才能遏止此種現象。

48 吊銷 diàoxiāo　to revoke (certificate, license)
　　做了不合法 (héfǎ, legal) 的事被取消（執照）

那位會計師因為做假帳 (zuò jiǎ zhàng, cook the books) 而遭到吊銷執照
(zhízhào, license)。

49 駕照 jiàzhào　driver's license, driving permit
　　駕駛執照

他終於通過考試取得了駕照，可以自己開車了。

50 起 qǐ　case
　　（交通事故、刑案 criminal case）量詞

昨晚在高速公路發生一起重大車禍，造成十幾人受傷，一人死亡 (death)。

51 事故 shìgù　accident
　　意外的事情

近幾個月，意外事故不斷，大家對那家航空公司 (hángkōng gōngsī, airline company)
完全沒有信心了。

52 傷害 shānghài　to hurt
　　使別人受傷

老師簡單的幾句話卻可能傷害了學生的信心，千萬要注意。

53 不僅 bùjǐn　not only, not just
　　不但

喝了酒開車，不僅傷害到自己，更可能傷害到別人。

54 個人 gèrén　personal
　　一個人或自己

不要考試是你個人的想法，不是每個學生都跟你一樣。

55 破碎 pòsuì　to be broken
　　破了、碎了

雖然他在破碎家庭中長大，他還是努力達到今日的成就。

56 法令 fǎlìng　law and order
　　法律與命令 (mìnglìng)

許多的法令已不合這個時代，應盡速修法。

57 法官 fǎguān　judge
　　判處犯人刑期的官員

法官根據法令來判處犯人刑期，仍然會受到批評。

58 和解 héjiě　reconciliation
用和平的方式跟對方解決衝突

雖然他已跟對方和解了，但是根據法律，他還是受到了嚴懲。

59 泛濫 fànlàn　over flooding
不好的事物太多了

毒品 (dúpǐn, drug) 泛濫，使民眾的健康遭受很大的傷害。

60 呼籲 hūyù　to make an appeal to
公開地請大家幫助、支持

政府呼籲選民在總統選舉那天一定要去投票，讓最合適的人當選。

61 黨派 dǎngpài　party, fraction
政黨、派別 (faction, division)

62 腳步 jiǎobù　footstep

在成功的路上不能隨便停下腳步，需要一直朝前走。

63 輪 lún　wheel
車輪

64 冤魂 yuānhún　ghost
不應該死而死的鬼魂 (ghost)

根據調查，每年因為車禍而成為輪下冤魂的人不少。

專有名詞 Proper Noun

01	內政部	Nèizhèngbù	Ministry of the Interior 政府單位，管理國內事務
02	立法院	Lìfǎyuàn	Legislative Yuan 政府單位，負責訂立法律
02	法務部	Fǎwùbù	Ministry of Justice 政府單位，負責法律相關事務
04	立委（立法委員）	lìwěi (lìfǎ wěiyuán)	legislator 訂立法律的人

1 除了⋯，更重要的是⋯

想要變瘦，除了少吃，更重要的是需要多運動。

油價上漲，除了開車的人受不了，更重要的是會使物價上漲。

2 即使⋯，也⋯

即使生活必需品的價格紛紛上漲，我的薪資也沒增加。

即使氣溫下降至零下，許多人也還是要去戶外運動。

3 不僅⋯，更⋯

油價上漲不僅帶動物價上漲，更影響經濟的成長率。

環保團體不僅要求大家不用塑膠袋，更呼籲大家自備餐具。

課文理解與討論 ▸▸

① 根據內政部統計，過去五年多少人因酒駕事故而死亡？

② 台灣社會對修法過止酒駕是否有共識？

③ 法務部研擬酒駕肇事朝什麼方向修法？

④ 未來酒駕刑期最重可判處什麼罪？

⑤ 反酒駕聯盟號召哪些人一起去陳情？

⑥ 反酒駕聯盟的要求是什麼？

⑦ 「酒駕零容忍」是什麼意思？

⑧ 反酒駕聯盟的主張有哪幾項？

⑨ 酒駕會造成哪些影響及問題？

⑩ 為什麼台灣酒駕情況泛濫？

⑪ 你認為酒駕肇事算不算是殺人？

⑫ 在你們國家如果酒駕會犯什麼罪？最重的刑期是多久？

① 請參考以下資料。台灣的標準不是最嚴的,請討論各國酒駕標準不同可能的原因是什麼?以後這些標準會改變嗎?

② 請查查你的國家因為酒駕最重會受到的什麼樣的懲罰?向大家報告一下。

各國對酒駕的標準(每 100 毫升血液內含的酒精量(毫克 mg))

國家	台灣	中國	日本	韓國	越南	加拿大	印尼
酒駕標準 >…%	0.15	0.02	0.03	0.05	0.08	0.08	無(禁酒)

國家	法國	德國	英國	美國	泰國	墨西哥	澳洲
酒駕標準 >…%	0.5	0.5	0.8	0.08	0.05	0.08	0.05

(根據維基百科資料)

酒精代謝效能

喝烈酒
休息 24 小時再開車

47%台灣人　肝臟解酒酵素效能較低

課前閱讀

請看新聞標題,再回答以下問題:

❶ 什麼是烈酒?

❷ 一般來說,喝了酒以後休息多久才可以開車?

喝烈酒

休息 24 小時再開車

47%台灣人　肝臟解酒酵素效能較低

【記者吳姿賢／台北報導】

上午酒駕數量近年有升高趨勢，因許多民眾不曉得前一天晚上飲酒，隔天體內仍會殘留酒精。醫師建議，民眾喝了酒精濃度低於百分之卅的酒，至少須休息十二小時；若是酒精濃度超過百分之卅的烈酒，更要休息廿四小時以上，否則恐因宿醉酒駕危及交通安全。

肝膽腸胃科醫師郭東恩表示，二○一五年史丹佛大學醫學院研究台灣人代謝酒精的能力，發現跟歐美國家比起來，四成七的台灣人肝臟解酒酵素效能較低，比其他國家需要更多時間才能代謝酒精，可說是全球酒精代謝效能最差的國家之一，國人喝酒後更應充分休息。

郭東恩指出，喝兩瓶酒精濃度百分之五的易開罐啤酒，體內酒精值就高達零點一五毫克，很多人輕忽的藥膳湯、燒

酒雞、提神飲料的酒精濃度更高，且喝下去五至十分鐘之內，酒精就會被人體快速吸收。

他說，許多人以為飲酒後，只要睡覺六至八小時左右，體內酒精就可代謝完畢；其實不管量多量少，只要喝酒精濃度百分之卅以下的酒，就應休息十二小時以上，喝酒精濃度百分之卅以上的烈酒，至少須休息廿四小時，才能完全代謝。

精神科醫師段永章表示，許多酒駕犯存有僥倖心態，自認睡一覺或大量喝水讓精神變好，就代表體內沒有酒精，其實喝酒後廿四小時，人的判斷力、專注力、肌肉協調性都會變差，進而影響駕駛技術，造成交通危險。

（取自 2019/1/24 聯合報）

01 酒ㄐ一ㄡˇ精ㄐㄧㄥ　　jiǔjīng　　alcohol

02 代ㄉㄞˋ謝ㄒㄧㄝˋ　　dàixiè　　to release (harmful materials)
把不好的物質排出去

我們的身體會利用酵素來代謝身體裡的物質 (wùzhí, materials)。

03 效ㄒㄧㄠˋ能ㄋㄥˊ　　xiàonéng　　effect
功效

若是時間管理得好，應可提高工作效能。

04 烈ㄌㄧㄝˋ酒ㄐㄧㄡˇ　　lièjiǔ　　liquor
酒精濃度超過 40 度的酒

05 肝ㄍㄢ臟ㄗㄤˋ　　gānzàng　　liver
器官 (qìguān, organ)

06 解ㄐㄧㄝˇ酒ㄐㄧㄡˇ　　jiějiǔ　　to alleviate a hangover
分解 (fēnjiě, decompose, break down) 酒精

聽說牛奶、綠茶、蜂蜜 (fēngmì, honey) 都可以解酒。

07 酵ㄒㄧㄠˋ素ㄙㄨˋ　　xiàosù　　enzyme

酵素存在我們的身體內，幫助我們消化 (xiāohuà, to digest) 食物。

08 近ㄐㄧㄣˋ年ㄋㄧㄢˊ　　jìnnián　　in recent years
最近幾年

近年來，物價波動的幅度逐漸變大。

09 升ㄕㄥ高ㄍㄠ　　shēnggāo　　to rise
上升

無家可歸的人數有升高的趨勢。

10 曉ㄒㄧㄠˇ得ㄉㄜ　　xiǎode　　to know, to be aware
知道

我根本不曉得食品、飲料中的添加物是什麼。

11 隔ㄍㄜˊ天ㄊㄧㄢ　　gétiān　　the next day
事情發生後的第二天

為了健康，便當不可放到隔天再吃。

12 濃ㄋㄨㄥˊ度ㄉㄨˋ　　nóngdù　　density
某個物質在總量中的比例，如：酒精在水中的比例

一般來說，酒精濃度超過 40% 的算是烈酒。紅酒的酒精濃度大概低於 20%。

13 卅ㄙㄚˋ　　sà　　thirty
表示三十的漢字（大多用在報紙及文章上）

台灣第一家麥當勞是卅多年前開的。

⑭ 廿 (ㄋㄧㄢˋ)   niàn   twenty
表示二十的漢字（大多用在報紙及文章上）

今年元宵節是二月廿二號。

⑮ 宿醉 (ㄙㄨˋ ㄗㄨㄟˋ)   sùzuì   hangover
喝太多酒一直醉到第二天

小王今天宿醉，一天都沒辦法好好工作。

⑯ 危及 (ㄨㄟˊ ㄐㄧˊ)   wéijí   to endanger
危害到

酒後駕車不僅容易肇事，且常危及別人的生命安全。

⑰ 國人 (ㄍㄨㄛˊ ㄖㄣˊ)   guórén   local citizen
本國人，此處是指台灣人

⑱ 充分 (ㄔㄨㄥ ㄈㄣˋ)   chōngfèn   sufficient
足夠

小王在提出方案之前做了充分的準備，難怪得到老闆的重視。

⑲ 易開罐 (ㄧˋ ㄎㄞ ㄍㄨㄢˋ)   yìkāiguàn   easy open can
容易打開的罐子

易開罐啤酒很方便，受到消費者的歡迎。

⑳ 毫克 (ㄏㄠˊ ㄎㄜˋ)   háokè   milligram (mg)
1 公克有 1000 毫克

依台灣的法令，開車時酒精濃度不能超過 0.15 毫克。

㉑ 輕忽 (ㄑㄧㄥ ㄏㄨ)   qīnghū   to neglect
不在乎、忽視

現代人不能輕忽汙染問題對未來的影響。

㉒ 藥膳湯 (ㄧㄠˋ ㄕㄢˋ ㄊㄤ)   yàoshàntāng   herb soup
以中藥燉煮的湯類食物

㉓ 燒酒雞 (ㄕㄠ ㄐㄧㄡˇ ㄐㄧ)   shāojiǔjī   rice wine chicken
以米酒與雞燉煮的食物

藥膳湯和燒酒雞都是冬天時受台灣人喜愛的食物。

㉔ 提神 (ㄊㄧˊ ㄕㄣˊ)   tíshén   to sober up
讓人有精神、提起精神

我熬夜寫報告時都是靠咖啡、茶來提神。

㉕ 吸收 (ㄒㄧ ㄕㄡ)   xīshōu   to absorb
人的身體接受了食物的營養

我身體的吸收能力很好，吃什麼就吸收什麼。

26 完ㄨㄢˊ畢ㄅㄧˋ　　wánbì　　to be finished, to come to an end
做完、結束

在面試完畢前，我緊張得喘不過氣來。

27 存ㄘㄨㄣˊ有ㄧㄡˇ　　cúnyǒu　　to embrace (a sense of...)
有，常用在「存有…感覺／想法」

失業率高造成年輕人對未來存有不安全感。

28 僥ㄐㄧㄠˇ倖ㄒㄧㄥˋ　　jiǎoxìng　　out of sheer luck
運氣好；意外 (yìwài, accidental) 地

那個工作的應徵者那麼多，我覺得我能錄取完全是僥倖。

29 心ㄒㄧㄣ態ㄊㄞˋ　　xīntài　　mentality
心裡對事情的態度、想法

酒後駕車者都存著僥倖心態，總是認為自己不會那麼倒楣。

30 判ㄆㄢˋ斷ㄉㄨㄢˋ力ㄌㄧˋ　　pànduànlì　　judgment
對事物決定好壞的能力

大企業家往往具備相當好的判斷力，才能經營好事業。

31 專ㄓㄨㄢ注ㄓㄨˋ力ㄌㄧˋ　　zhuānzhùlì　　concentration
專心、注意的能力

兒童的專注力不夠，老師需要用各種方式來吸引他們注意。

32 肌ㄐㄧ肉ㄖㄡˋ　　jīròu　　muscle

寫字需要用到手部的大小肌肉，對兒童來說非常不容易。

33 協ㄒㄧㄝˊ調ㄊㄧㄠˊ性ㄒㄧㄥˋ　　xiétiáoxìng　　coordination
兩個事物互相調整、配合 (pèihé, to cooperate)

運動員在比賽時身體各肌肉的協調性非常重要。

34 進ㄐㄧㄣˋ而ㄦˊ　　jìnér　　further
進一步而

因原物料上漲，業者必須調高漢堡價錢，進而影響了民眾的購買意願。

35 駕ㄐㄧㄚˋ駛ㄕˇ　　jiàshǐ　　to drive (v.) driver (n.)
V：開車
N：開（車、船、飛機）的人

若是公車駕駛喝酒肇事，民眾更是不能容忍。

01	肝膽腸胃科	gāndǎn chángwèi kē	gastroenterology & hepatology
02	史丹佛大學	Shǐdānfó dàxué	Stanford University 美國一所有名的大學
03	醫學院	yīxué yuàn	medical school
04	精神科	jīngshén kē	psychiatry

句型　Sentence Pattern

1 若是…，更要…，否則…

若是準備重要考試期間，更要多休息，否則體力難以維持。

若是經濟不景氣，更要充實自己，否則無法與他人競爭。

2 …可說是…之一

手機可說是二十世紀最了不起的發明之一。

破壞地球環境造成海平面上升，可說是人類的大災難之一。

3 不管…，只要…，就…

不管量多量少，我只要喝了咖啡，就睡不著覺。

不管雨大雨小，只要是颱風將至，就不應該出門。

4 自認…，其實…

許多人自認只要會說英文，就代表有能力找到好工作，其實還不夠。

博士生自認知識豐富，其實他只在某個領域很專業而已。

5 進而

各國人民之間應多溝通、交流，進而才能了解他國的文化。

性別平等聯盟呼籲企業支持女性就業，進而使女性對社會更有貢獻。

課文理解與討論 ▸▸

1 為什麼上午酒駕的狀況增加了？

2 醫師建議喝了酒要休息多久才可以開車？

3 為什麼台灣人喝了酒要休息比較長？

4 跟世界其他國家的人比起來，台灣人酒精代謝能力如何？

5 喝兩罐啤酒後就去開車可以嗎？

6 晚飯吃燒酒雞，吃完飯馬上開車有沒有問題？

7 台灣人喝了酒以後，存有的僥倖心態是什麼？

8 醫生說，宿醉之後不能開車的原因有哪些？

9 請討論吃了哪些食物後不能馬上開車？包括你們國家的食物。

10 你們認為什麼食物能迅速解酒？

11 你們國家的人認為什麼是最好的解酒方法？

12 你有宿醉的經驗嗎？有什麼感覺？

❶ 請搜尋酒後駕車或疲勞駕駛而肇事的新聞（台灣或貴國的都可以），然後以記者報導的方式說給大家聽。

❷ 針對這則新聞說說自己看法或研擬一個提案，看看如何減少這種狀況。

事故發生的時間	
事故的地點	
受害者傷亡情況（人數、受傷程度）	
肇事者（年齡、身分）	
事故的可能原因	
影響情況、範圍	
建議處理方式	

參考架構：

　　____（時間）____ 在 ____（地點）____ 發生了一起 ____（交通工具）____ 事故，____（傷亡情形）____。肇事者是 ____（肇事者資料）____，____（肇事者）____ 因為 ____（原因）____ 而 ____（肇事結果）____。肇事者表示 ____（想法、感覺、肇事後態度）____，受害者則 ____（對事故反應、肇事者態度、自己想法）____。

參考範例：

　　昨天下午在師大路和平東路口發生了一起公車與行人的交通事故，公車在轉彎時撞到了過馬路的學生，幸虧車速不快，學生只受了輕傷。肇事者是五十歲的公車駕駛。警察到場後發現，公車司機因為酒後駕車而肇事。公車司機表示他並沒喝酒，只是中午吃了一大碗燒酒雞，沒想到因此就超過了標準。被撞到的學生表示，公車駕駛的工作與乘客安全有關，應該更注意自己的身體與精神狀況。

　　看到這則新聞，我…

附錄：兩篇主新聞內容的簡體字版 ▸▸

第五课 酒驾祭重罚　受害者家属29日陈情　促消灭酒驾

内政部统计，过去五年我国酒驾肇事夺走600条人命，修法遏止酒驾，在社会逐渐形成共识，本报从今天起一连三天推出酒驾专题报导，访酒驾受害者家属面临的苦痛，以及相关团体、医界、律师等遏阻酒驾的解方。

目前在立法院，有20多个酒驾修法提案；法务部研拟的修法草案，也将酒驾致死朝杀人罪，再犯致死最重可判处死刑，并增订没收车辆条款。为了能在本会期尽速通过修法，反酒驾联盟本月29日将号召酒驾受害者家属、支持修法民众，一起到立法院陈情，要求「严惩酒驾行为，还我们一条安全的路。」

「酒驾零容忍！」「人人都有可能是受害者！」反酒驾联盟发起人李载忠说，除了修法加重酒驾肇事者刑期，更重要的是事前的防范。因此联盟主张，只要拦查到酒驾，即使没有肇事，也应没收车辆或吊销驾照一段时间，才能让喝酒的人不敢开车上路。

每起酒驾致死或重伤事故，伤害的不仅是受害者个人，更造成一个家庭的破碎。李载忠说，法令太轻、法官希望家属和解并轻判等，都造成台湾酒驾泛滥。他呼吁不分党派立委加快修法脚步，这个会期尽速通过修法，减少酒驾事故的轮下冤魂。

第六课　喝烈酒　休息24小时再开车
47%台湾人　肝脏解酒酵素效能较低

上午酒驾数量近年有升高趋势，因许多民众不晓得前一天晚上饮酒，隔天体内仍会残留酒精。医师建议，民众喝了酒精浓度低于百分之卅的酒，至少须休息十二小时；若是酒精浓度超过百分之卅的烈酒，更要休息廿四小时以上，否则恐因宿醉酒驾危及交通安全。

肝胆肠胃科医师郭东恩表示，二〇一五年史丹佛大学医学院研究台湾人代谢酒精的能力，发现跟欧美国家比起来，四成七的台湾人肝脏解酒酵素效能较低，比其他国家需要更多时间才能代谢酒精，可说是全球酒精代谢效能最差的国家之一，国人喝酒后更应充分休息。

郭东恩指出，喝两瓶酒精浓度百分之五的易开罐啤酒，体内酒精值就高达零点一五毫克，很多人轻忽的药膳汤、烧酒鸡、提神饮料的酒精浓度更高，且喝下去五至十分钟之内，酒精就会被人体快速吸收。

他说，许多人以为饮酒后，只要睡觉六至八小时左右，体内酒精就可代谢完毕；其实不管量多量少，只要喝酒精浓度百分之卅以下的酒，就应休息十二小时以上，喝酒精浓度百分之卅以上的烈酒，至少须休息廿四小时，才能完全代谢。

精神科医师段永章表示，许多酒驾犯存有侥幸心态，自认睡一觉或大量喝水让精神变好，就代表体内没有酒精，其实喝酒后廿四小时，人的判断力、专注力、肌肉协调性都会变差，进而影响驾驶技术，造成交通危险。

全球暖化

學習目標

第七課：北極熊闖民宅
第八課：殺人鯨北漂

1 能閱讀全球暖化、瀕危動物遷徙相關新聞
2 能了解瀕危動物處境詞彙
3 能熟練運用全球暖化相關詞彙與句型

北極熊闖民宅

北極熊 闖民宅　攻擊人類　當地進入緊急狀態

成群入侵俄島

◆ 課前閱讀

請看新聞標題，再回答以下問題：

❶ 這則新聞是在哪裡發生的？

❷ 發生了什麼事？為什麼？

北極熊成群入侵俄島

闖民宅 攻擊人類 當地進入緊急狀態

新地島（Novaya Zemlya）上的白鯨灣是島上主要人類居住區，住了560名在附近俄國空軍基地服務的官兵及軍眷，但從去年12月到本月為止，前後已至少52隻北極熊在人類村落附近出沒，經常都有6到10隻北極熊在這區活動。部分野性比較強的北極熊甚至攻擊人類，入侵民宅和辦公室，翻垃圾桶找食物。

地方政府聲明指出：「居民、學校和幼稚園不斷要求增加安全措施，人們都被嚇壞了，不敢踏出家門一步，日常生活大亂，家長不敢讓小孩去學校跟幼稚園。」幼稚園為此加裝圍牆確保小朋友的安全，軍方出動特製車輛護送人員上下班，並派人加強巡邏，但這些北極熊根本不怕軍方用來驅趕牠們的訊號彈。

當地禁止射殺北極熊

俄國1956年將北極熊列瀕危動物，聯邦政府拒絕開放居民射殺北極熊，僅同意派遣專家到島上評估狀況，研究如何避免北極熊攻擊人類。

市長穆辛說：「我1983年就到新地島了，從未看過這麼多北極熊在島上，至少5隻北極熊追著人跑或進入民宅。若當局不允許屠殺北極熊，恐將威脅居民安全。」

受到全球暖化影響，北極海冰減少加上夏季越來越早融冰，終年冰封的新地島甚至連冬天都不再被海冰包圍，來不及離開島上的北極熊，只好入侵人類村落覓食。俄國生態專家莫德溫哲夫表示，「因為海冰減少的關係，北極熊被迫從新地島南部走陸路北上，但被人類村落垃圾堆裡的食物吸引，才會在附近停留。」

（取自 2019/2/11 台灣蘋果日報）

① 暖化 nuǎnhuà warming
（氣候、環境）變得越來越熱

全球暖化造成氣候的改變，帶來極大的災害。

② 北極熊 Běijíxióng polar bear

③ 闖 chuǎng to break in, to trespass
沒有經過同意就進入一個地方

他不管教室裡有沒有人上課，就闖進去拿他的電腦，太沒禮貌了。

④ 成群 chéngqún in group, herd, flock, etc.
很多人或動物組成一群

冬天快到了，成群的鳥兒從北往南飛。

⑤ 入侵 rùqīn to invade; to intrude
沒有經過同意進入而造成損害

外國軍隊入侵時，人民紛紛逃到別的國家。

⑥ 俄 É Russia
俄國

⑦ 攻擊 gōngjí to attack

我不會投票給喜歡攻擊別人的候選人。

⑧ 狀態 zhuàngtài condition, shape
人或事物表現出來的樣子

他因為精神狀態不佳而影響工作表現。

⑨ 名 míng a unit word indicating the number of people
量詞

那家公司經營有問題，預計將有 20 多名員工被裁員。

⑩ 空軍 kōngjūn air force

⑪ 基地 jīdì base
做為某種事業基礎的地方

台灣東部山區有一些重要的軍隊基地，一般人禁止進入。

⑫ 官兵 guānbīng military personnel

⑬ 軍眷 jūnjuàn military dependent
軍人的家人

⑭ 為止 wéizhǐ up to, until
停止

這路口常發生車禍，到本月底為止，已經奪走 3 條生命了。

⑮ 村落 cūnluò village
鄉下很多人集中住在一起的地方

在這一條山路上，只要經過村落就會看到商店。

⑯ 出沒 chūmò appear
指在一個地區活動、來來去去

這條路常有一些貓、狗出沒，騎車要小心。

⑰ 部分 bùfèn a part of

明天台北部分地區下午會出現雷陣雨。

⑱ 野性 yěxìng wild nature
還有動物原來的性格

有些動物雖然經過訓練，但還是有野性，會咬人的。

⑲ 翻 fān to stir up; to turn over

這裡禁止丟垃圾，避免貓、狗來翻垃圾找東西吃。

⑳ 聲明 shēngmíng to state openly
公開表示對某件事的態度或看法

政府再次聲明一定會維護國家的安全。

㉑ 居民 jūmín resident
住在一個地方的人

颱風來襲，住在較低地區的居民要注意防範大雨帶來的災害。

㉒ 踏 tà to step
踩 (cǎi, step on)

他因酒駕多次被罰，現在酒後媽媽不讓他踏出家門一步。

㉓ 為此 wèicǐ because of this
書 因為這個

北極熊入侵住宅區，政府為此加強巡邏。

㉔ 加裝 jiāzhuāng to install additional (equipment)
再增加裝設

我們的教室很大，一台冷氣不夠，還要再加裝一台。

㉕ 圍牆 wéiqiáng wall

㉖ 確保 quèbǎo to ensure
確實保證

為了確保國家的安全，政府將增加軍隊的數量。

㉗ 軍方 jūnfāng military

㉘ 出動 ㄔㄨ ㄉㄨㄥˋ　chūdòng　to send (people) on a mission
派出一些人去做某項行動

因為抗議的民眾太多，政府出動了許多警察去保護總統。

㉙ 特製 ㄊㄜˋ ㄓˋ　tèzhì　made-to-measure; specially made
特別製造

這輛車是為了參加比賽特製的車子。

㉚ 護送 ㄏㄨˋ ㄙㄨㄥˋ　hùsòng　to escort
保護人或重要東西去某個地方

總統在警方的護送下，離開抗議現場。

㉛ 巡邏 ㄒㄩㄣˊ ㄌㄨㄛˊ　xúnluó　to patrol
（警察或軍人）到各處看有沒有事情發生

這個地區的居民常常被偷，所以警察加強巡邏。

㉜ 驅趕 ㄑㄩ ㄍㄢˇ　qūgǎn　to drive away
把人或動物趕走

那隻狗一直跟著我，怎麼驅趕都趕不走。

㉝ 訊號彈 ㄒㄩㄣˋ ㄏㄠˋ ㄉㄢˋ　xùnhàodàn　signal shell

㉞ 射殺 ㄕㄜˋ ㄕㄚ　shèshā　to shoot and kill

居民射殺了那隻闖入的北極熊。

㉟ 列 ㄌㄧㄝˋ　liè　to list (someone) as

政府將台灣黑熊列保護動物，不能隨便射殺。

㊱ 瀕危 ㄅㄧㄣ ㄨㄟˊ　bīnwéi　endangered
快要消失的（動物）

因為環境被破壞的原因，很多動物已經列為瀕危動物。

㊲ 派遣 ㄆㄞˋ ㄑㄧㄢˇ　pàiqiǎn　to send; to dispatch
派

地震後當地災情慘重，政府立刻派遣軍隊去幫忙救災。

㊳ 評估 ㄆㄧㄥˊ ㄍㄨ　pínggū　evaluation
根據一定的標準去考慮是否可以做

這個地方是否可以蓋工廠，必須經過環境評估後才能決定。

㊴ 市長 ㄕˋ ㄓㄤˇ　shìzhǎng　mayor

㊵ 從未 ㄘㄨㄥˊ ㄨㄟˋ　cóngwèi　never
書 從來沒

這個地區從未發生過這麼嚴重的災害。

41 當ㄉㄤ局ㄐㄩˊ dāngjú (government) authority
負責該事務的政府單位

必須要得到當局的同意，才可以在該地建造化學工廠。

42 允ㄩㄣˇ許ㄒㄩˇ yǔnxǔ permission
同意、答應

在傳統中國，沒有得到父母的允許，不敢自己決定跟誰結婚。

43 屠ㄊㄨˊ殺ㄕㄚ túshā slaughter
殺死很多的人或動物

在戰爭中，那個民族經過一場大屠殺後，幾乎被消滅了。

44 威ㄨㄟ脅ㄒㄧㄝˊ wēixié to threaten

現代環境中的各種汙染，嚴重威脅人類的健康。

45 海ㄏㄞˇ冰ㄅㄧㄥ hǎibīng sea ice
海水變冷時，變成浮在海面上的冰

46 融ㄖㄨㄥˊ冰ㄅㄧㄥ róngbīng ice melting

47 終ㄓㄨㄥ年ㄋㄧㄢˊ zhōngnián all year round
一整年

北極終年是冰天雪地，不過最近因為暖化有融冰的現象。

48 冰ㄅㄧㄥ封ㄈㄥ bīngfēng to freeze up; to be frozen up
（河、路）整個被冰蓋住

49 包ㄅㄠ圍ㄨㄟˊ bāowéi to be surrounded by
四面都被圍住

這個村落四面都被山包圍，出入很不方便。

50 覓ㄇㄧˋ食ㄕˊ mìshí to search for food
找東西吃

每到北極冬天冰封期，動物覓食困難。

51 生ㄕㄥ態ㄊㄞˋ shēngtài ecology

由於人類過度發展，生態被破壞得很厲害。

52 被ㄅㄟˋ迫ㄆㄛˋ bèipò to be forced to

他不是自己願意離開老家，而是為了生活被迫離開的。

(53)	陸ㄌㄨˋ路ㄌㄨˋ	lùlù	land route 陸地 (land) 上走的路線
	他決定從東北亞經過俄國及中亞地區，走陸路回到歐洲。		
(54)	北ㄅㄟˇ上ㄕㄤˋ	běishàng	northbound 往北方去（在地圖上北方在上面，所以叫北上）
(55)	停ㄊㄧㄥˊ留ㄌㄧㄡˊ	tíngliú	to stay; to linger 停在一個地方一段時間再離開
	這次旅行他打算在日本停留一周，再去韓國。		

專有名詞 Proper Noun

01	北ㄅㄟˇ極ㄐㄧˊ	Běijí	the Arctic
02	新ㄒㄧㄣ地ㄉㄧˋ島ㄉㄠˇ	Xīndìdǎo	Novaya Zemlya 俄國北方的一個島
03	白ㄅㄞˊ鯨ㄐㄧㄥ灣ㄨㄢ	Báijīngwān	Belushya Guba
04	聯ㄌㄧㄢˊ邦ㄅㄤ政ㄓㄥˋ府ㄈㄨˇ	liánbāng zhèngfǔ	federal government
05	穆ㄇㄨˋ辛ㄒㄧㄣ	Mùxīn	personal name 人名
06	莫ㄇㄛˋ德ㄉㄜˊ溫ㄨㄣ哲ㄓㄜˊ夫ㄈㄨ	Mòdéwēnzhéfū	personal name 人名

1 從…到…為止，前後…

從上個月底到今天為止，前後已經發生了 4 次 5 級以上的地震。

從今年五月到現在為止，前後有三個強烈颱風來襲。

2 …為此…

國際油價持續上漲，中油為此將研擬調價方案。

酒駕數量有升高的趨勢，為此政府將祭出重罰來遏阻酒駕。

3 將…列（為）…

國際衛生組織已將空氣汙染列為威脅人類健康的重要因素之一。

各國酒駕標準不同，以台灣為例，酒精濃度高於 0.15 將列為酒駕。

4 若…，恐將…

若政府不改善此地的環境問題，恐將影響居民健康。

大家千萬不要喝酒開車，若因酒駕致死，恐將以殺人罪判處死刑。

課文理解與討論 ▸▸

① 新地島上主要的人類居住區在哪兒？住了些什麼人？

② 最近發生了什麼問題？

③ 對居民有什麼影響？

④ 軍方怎麼面對這些威脅？有用嗎？

⑤ 聯邦政府的態度如何？地方政府呢？

⑥ 北極熊為什麼會入侵人類居住的地方？

⑦ 你想全球暖化對生態有哪些影響？

⑧ 你認為造成全球暖化的原因是什麼？

⑨ 你認為怎麼做可以減緩暖化的問題？

❶ 你可以為地球做什麼？做到了，請打 ✓

食	( )	食用當季、當地生產的食物。
	( )	不浪費食物，吃多少做多少。
	( )	多吃蔬食，少吃肉食。
	( )	使用可多次使用的餐具。
	( )	減少開冰箱的次數和時間。
	( )	食物放涼了再放入冰箱。
衣	( )	選購天然原物料製成的衣物。
	( )	少買新衣，舊衣回收。
	( )	等髒衣服多到洗衣機容量的 80% 再一起洗。
住	( )	隨手關燈。
	( )	調高冷氣的溫度。
	( )	電腦不用時關機。
行	( )	多爬樓梯少坐電梯。
	( )	出門多坐大眾交通系統、走路、騎腳踏車。
育	( )	多用回收紙。
	( )	做好資源回收。
樂	( )	購物時不用塑膠袋，自備購物袋。
	( )	買有環保標章的物品。
	( )	禮物避免多層包裝。

❷ 請根據下圖說明每升高一度會有什麼影響？

6°C 世界末日來臨！

5°C 南北極冰層融光，海水淹沒陸地，生物和人類大量滅絕。

4°C 數百萬人成為氣候難民，電影「明天過後（The Day After Tomorrow）」情景將出現。

3°C 全世界80%冰山、冰層融解，地球急速升溫、季節大錯亂，人類生存環境更加惡劣。

2°C 氣候變遷引發大規模的病毒變異與傳播的危機，人類健康遭受巨大威脅。

1°C 極端氣候發生的頻率與幅度擴大，熱浪成為常態，多數人因為熱衰竭而死亡。

殺人鯨北漂

LESSON.8

全球暖化水溫升　殺人鯨棲地北漂

課前閱讀

請看新聞標題，再回答以下問題：

❶ 暖化造成什麼問題？

❷ 殺人鯨是什麼動物？你想牠們原來住在哪裡？

❸ 北漂的意思是什麼？

全球暖化水溫升　殺人鯨棲地北漂

【吳巧曦／綜合外電報導】一隻殺人鯨帶著寶寶正愜意地大快朵頤，對身旁近距離觀察牠們的船隻和潛水客視若無睹。這種場面近來時常在挪威北部峽灣上演，這是因為氣候變遷導致殺人鯨隨著魚群往北遷徙，把這清澈平靜的水域當成冬季美食天堂。

專家估計，目前挪威沿岸約有 1500 隻殺人鯨，數量約是 20 年前的 2 倍。在僅 3℃ 的海水中，一隻隻殺人鯨彷彿跳著海底芭蕾舞，先是圍著一群新鮮肥美的鯡魚打轉、迫使「盤中飧」浮上檯面，再以巨大尾鰭拍打海水、驚嚇牠們，然後就到了開飯時間，而且這批老饕獵食者往往只吃最美味的部分，包括魚卵和魚肉。

過去 20 年間，鯡魚魚群為了尋找 6℃ 以下有利於繁殖的水溫，已往北遷徙 300 公里，殺人鯨也尾隨而來。

「我們相信全球暖化導致海水水溫上升，迫使鯡魚往北遷徙」，生態導遊迪拉圖說：「長期而言，牠們將繼續往北遷徙，倘若牠們數量萎縮，對於鯨魚、殺人鯨、海鳥和鱈魚而言都會是環境浩劫。」這些大量往北遷徙的殺人鯨也促成挪威的生態旅遊更蓬勃發展，「賞鯨是教育人們、幫助人們認識這些海洋生物的好方式」。

（取自 2019/1/29 台灣蘋果日報）

01 殺ㄕㄚ人ㄖㄣˊ鯨ㄐㄥ　shārénjīng　killer whale

02 漂ㄆㄧㄠ　piāo　to float; to drift

颱風過後，一堆垃圾漂在河上。

03 棲ㄑㄧ地ㄉㄧˋ　qīdì　habitat
一種動物或好幾種動物共同生活在一起的自然環境

北極海冰域是北極熊的棲地。

04 愜ㄑㄧㄝˋ意ㄧˋ　qièyì　leisurely
很輕鬆、很享受

下午休息時間，她愜意地坐在窗邊欣賞窗外的風景。

05 大ㄉㄚˋ快ㄎㄨㄞˋ朵ㄉㄨㄛˇ頤ㄧˊ　dàkuài duǒyí　to enjoy food to one's heart's content
很痛快地享受著食物。

這家餐廳的菜，量多實在，我們可以大快朵頤，吃個痛快。

06 視ㄕˋ若ㄖㄨㄛˋ無ㄨˊ睹ㄉㄨˇ　shìruò wúdǔ　to turn a blind eye to
看見了卻好像沒看見一樣

路上發生了車禍，路過的人卻視若無睹。

07 場ㄔㄤˇ面ㄇㄧㄢˋ　chǎngmiàn　scope of the event
人數很多，特別的情況

在機場歡迎總統的民眾約有數百人，場面十分驚人。

08 近ㄐㄧㄣˋ來ㄌㄞˊ　jìnlái　recently
最近

近來氣候不太正常，冬天的氣溫越來越高。

09 時ㄕˊ常ㄔㄤˊ　shícháng　often; occasionally
常常

台灣的夏天，下午時常會下一場雷陣雨。

10 峽ㄒㄧㄚˊ灣ㄨㄢ　xiáwān　fjords

11 上ㄕㄤˋ演ㄧㄢˇ　shàngyǎn　to be staged; to be shown
（表演、戲劇 (drama) 等）演出

這部電影將在台灣和美國同時上演。

12 變ㄅㄧㄢˋ遷ㄑㄧㄢ　biànqiān　change
事物變化

隨著時代的變遷，我們的觀念也應該跟著改變。

⑬ 導ㄉㄠˇ致ㄓˋ　　dǎozhì　　to cause; to lead to
一件事情造成另一件不好的事情發生

由於產油國大幅減少石油產量，導致各國油價上漲。

⑭ 遷ㄑㄧㄢ徙ㄒㄧˇ　　qiānxǐ　　to move; to migrate
搬遷移動

在歷史上，北方外族曾經入侵中國，造成漢民族大量遷徙到南方。

⑮ 清ㄑㄧㄥ澈ㄔㄜˋ　　qīngchè　　crystal clear
形容水非常乾淨，可以看到水底

湖水非常清澈，可以清楚看到水中的魚。

⑯ 水ㄕㄨㄟˇ域ㄩˋ　　shuǐyù　　water territory

他們的船在日本水域遭到攻擊。

⑰ 天ㄊㄧㄢ堂ㄊㄤˊ　　tiāntáng　　heaven; paradise

很多人說台灣是美食天堂，有各種好吃的食物。

⑱ 估ㄍㄨ計ㄐㄧˋ　　gūjì　　to be estimated
大概計算

昨天參加抗議的人數非常多，估計有 10 萬人走上街頭。

⑲ 沿ㄧㄢˊ岸ㄢˋ　　yán'àn　　waterside area
靠著水（河、海）邊的地方

早期人類的文化都是在河流沿岸發展起來的。

⑳ 彷ㄈㄤˇ彿ㄈㄨˊ　　fǎngfú　　seems like
好像

看到這麼美麗的風景，彷彿到了天堂。

㉑ 芭ㄅㄚ蕾ㄌㄟˇ舞ㄨˇ　　bālěiwǔ　　ballet

㉒ 圍ㄨㄟˊ　　wéi　　to gather around

總統一下飛機，所有的記者立刻圍了上去問他問題。

㉓ 肥ㄈㄟˊ美ㄇㄟˇ　　féiměi　　succulent (food)
指食物味道很好、又油又嫩，很好吃的樣子

那一盤牛肉看起來非常肥美，真想大快朵頤一番。

㉔ 鯡ㄈㄟ魚ㄩˊ　　fēiyú　　herring

㉕ 打ㄉㄚˇ轉ㄓㄨㄢˇ　　　dǎzhuàn　　　(to jump, run) around
轉來轉去

他一回到家，他的狗就圍著他打轉，高興得不得了。

㉖ 迫ㄆㄛˋ使ㄕˇ　　　pòshǐ　　　to force
逼迫

全球暖化迫使北極熊入侵人類居住的村落。

㉗ 盤ㄆㄢˊ中ㄓㄨㄥ飧ㄙㄨㄣ　　　pánzhōngsūn　　　food served in dishes
盤子裡的飯菜

北極熊把居民垃圾桶裡的食物當作盤中飧。

㉘ 浮ㄈㄨˊ上ㄕㄤˋ檯ㄊㄞˊ面ㄇㄧㄢˋ　　fúshàng táimiàn　　to float to the surface
從看不見的地方出現，讓大家看見

選舉快到了，要參加競選的候選人名單逐漸浮上檯面。

㉙ 尾ㄨㄟˇ鰭ㄑㄧˊ　　　wěiqí　　　tail; caudal fin

㉚ 拍ㄆㄞ打ㄉㄚˇ　　　pāidǎ　　　to slap; to tap
用手（鰭、尾）輕輕地打

媽媽輕輕拍打小孩的背，讓孩子慢慢睡著。

㉛ 驚ㄐㄧㄥ嚇ㄒㄧㄚˋ　　　jīngxià　　　to be frightened
受到刺激而嚇一跳

北極熊闖入人類居住區，讓居民受到驚嚇而不敢出門。

㉜ 開ㄎㄞ飯ㄈㄢˋ　　　kāifàn　　　to start a meal
開始吃飯

媽媽總是等全家人都回到家才開飯。

㉝ 批ㄆㄧ　　　pī　　　a group; a number of
量詞，用在大量的人或很多的東西

昨天有大批的旅客搭船從高雄港進入台灣旅行。

㉞ 老ㄌㄠˇ饕ㄊㄠ　　　lǎotāo　　　gourmet; gastronomist
喜歡吃美食的人

她在網路上介紹各地美食，提供給老饕們參考。

㉟ 獵ㄌㄧㄝˋ食ㄕˊ　　　lièshí　　　hunting
捕捉動物當作食物

由於全球暖化造成北極熊獵食越來越困難。

㊱ 卵ㄌㄨㄢˇ　　　luǎn　　　fish roe

37 尋找 xúnzhǎo
to search
找

我們正在尋找最合適的方法來解決這個問題。

38 有利 yǒulì
beneficial; helpful
有好處、有幫助

這裡有足夠的資源,對發展工業十分有利。

39 於 yú
to
書 對

資源不夠是不利於工業發展的。

40 繁殖 fánzhí
to reproduce; to breed
動植物為了讓種族延續而生後代

為避免瀕危動物消失,必須以人工的方式繁殖,來維持一定的數量。

41 尾隨 wěisuí
to follow
跟在後面

她發現有不認識的人尾隨在後,馬上躲進便利商店裡。

42 而 ér
adverbial particle
書 Adv 地 V

殺人鯨尾隨而來。

一陣風迎面而來。

43 導遊 dǎoyóu
tour guide
帶領觀光客參觀旅遊的人

目前台灣積極發展旅遊業,因此需要會各種語言的導遊。

44 倘若 tǎngruò
if; provided that
如果

倘若聯邦政府不允許射殺北極熊,將威脅居民的生命安全。

45 萎縮 wēisuō
to shrink; to depress
物體變乾變小,或經濟變得不興盛

因為很多工廠外移,因此造成國內經濟萎縮。

46 鱈魚 xuěyú
cod

47 浩劫 hàojié
catastrophe
非常大的災難

日本 2011 年的 311 大地震是繼 2004 年的南亞地震後的另一大浩劫。

㊽ 促成	cùchéng	to promote; to make (something) come true 讓某件事情快一點完成

為了促成雙方進一步合作，兩國領導人都將參加本次會議。

㊾ 旅遊	lǚyóu	to go on a tour 旅行到處玩

他計畫在放假期間，到台灣各地去旅遊。

㊿ 蓬勃	péngbó	to prosper 興盛繁榮

自從蓋了國際機場之後，本地的旅遊業就開始蓬勃發展。

51 生物	shēngwù	creature 有生命的物體

專有名詞 Proper Noun

❶ 挪威	Nuówēi	Norway 國名

句型 Sentence Pattern

1 因為⋯導致⋯

因為油價不斷上漲，導致物價不穩定。

因為北極海冰減少及夏季越來越早融冰，導致北極熊覓食困難。

❷ 先…，再以…V

那個政黨決定先選出兩位候選人，再以黨員投票方式決定最後參加總統選舉的人。

本公司將先計算成本，再以其他業者調價的幅度決定上漲的價格。

❸ 有利於…

目前政府提供的環境有利於年輕人創業。

政府嚴懲酒駕行為，有利於遏阻酒後開車的情況。

❹ 長期而言

尊重學生獨立思考的教學方式，長期而言，是有利於發展學生的創造力及想像力的。

舉辦生態旅遊的活動，長期而言，有利於教育人們尊重並珍惜大自然。

課文理解與討論 ▸▸

❶ 最近在挪威北部峽灣上演什麼場面？為什麼？

❷ 目前殺人鯨的數量跟以前相比，有什麼改變？

❸ 請描寫殺人鯨獵食鯡魚的情形。

❹ 殺人鯨為什麼會北漂？跟鯡魚有關嗎？

❺ 鯡魚數量的萎縮，對生態有什麼影響？

❻ 殺人鯨往北遷徙有好處嗎？為什麼？

❼ 你對挪威生態旅遊蓬勃發展有什麼看法？

❽ 你認為繼續暖化會帶來什麼影響？

❶ 請根據下圖討論各地區暖化的結果。你認為暖化的情況有這麼嚴重嗎？

全球崩解危機

● 高風險區　　● 中度風險區　　○ 低風險區

如果全球暖化持續以3度至5度上升，世界各地將於本世紀毀滅。

北極海
冰層約10年內融化

西伯利亞
永凍層融化

寒帶林
在50年內消失

寒帶林
在50年內消失

撒哈拉
沙漠的綠化十年內改變

西非
季風約十年內崩解

印度
夏季季風約一年內產生不規則變化

亞馬遜雨林
約50年內消失

南極冰原
300年內消失

南極海
深處產生變化

❶	西ㄒㄧ 伯ㄅㄛˊ 利ㄌㄧˋ 亞ㄧㄚˋ	Xībólìyà	Siberia
❷	亞ㄧㄚˇ 馬ㄇㄚˇ 遜ㄒㄩㄣ 雨ㄩˇ 林ㄌㄧㄣˊ	Yàmǎxùn yǔlín	Amazon rainforest
❸	撒ㄙㄚ 哈ㄏㄚ 拉ㄌㄚ	Sāhālā	Sahara (desert)
❹	冰ㄅㄧㄥ 原ㄩㄢˊ	bīngyuán	ice field

資料來源：

全球暖化 - 搶救地球大作戰 2008/03/31 新浪部落

❷ 全球暖化對生態有什麼影響？請分組討論。

	是	不是	原因
人類生活空間增加			
動物種類減少			
森林火災增加			
海平面上升			
流行病增加			
糧食減少			
天災變得很嚴重			
冬天非常冷，夏天非常熱			
威脅人類健康			

附錄：兩篇主新聞內容的簡體字版 ▸▸

第七課 北极熊成群入侵俄岛 闯民宅 攻击人类 当地进入紧急状态

新地岛（Novaya Zemlya）上的白鲸湾是岛上主要人类居住区，住了560名在附近俄国空军基地服务的官兵及军眷，但从去年12月到本月为止，前后已至少52只北极熊在人类村落附近出没，经常都有6到10只北极熊在这区活动。部分野性比较强的北极熊甚至攻击人类，入侵民宅和办公室，翻垃圾桶找食物。

地方政府声明指出：「居民、学校和幼稚园不断要求增加安全措施，人们都被吓坏了，不敢踏出家门一步，日常生活大乱，家长不敢让小孩去学校跟幼稚园。」幼稚园为此加装围墙确保小朋友的安全，军方出动特制车辆护送人员上下班，并派人加强巡逻，但这些北极熊根本不怕军方用来驱赶牠们的讯号弹。

当地禁止射杀北极熊

俄国1956年将北极熊列濒危动物，联邦政府拒绝开放居民射杀北极熊，仅同意派遣专家到岛上评估状况，研究如何避免北极熊攻击人类。市长穆辛说：「我1983年就到新地岛了，从未看过这么多北极熊在岛上，至少5只北极熊追着人跑或进入民宅。若当局不允许屠杀北极熊，恐将威胁居民安全。」

受到全球暖化影响，北极海冰减少加上夏季越来越早融冰，终年冰封的新地岛甚至连冬天都不再被海冰包围，来不及离开岛上的北极熊，只好入侵人类村落觅食。俄国生态专家莫德温哲夫表示，「因为海冰减少的关系，北极熊被迫从新地岛南部走陆路北上，但被人类村落垃圾堆里的食物吸引，才会在附近停留。」

第八课　全球暖化水温升　杀人鲸栖地北漂

【吴巧曦／综合外电报导】一只杀人鲸带着宝宝正惬意地大快朵颐，对身旁近距离观察牠们的船只和潜水客视若无睹。这种场面近来时常在挪威北部峡湾上演，这是因为气候变迁导致杀人鲸随着鱼群往北迁徙，把这清澈平静的水域当成冬季美食天堂。

专家估计，目前挪威沿岸约有 1500 只杀人鲸，数量约是 20 年前的 2 倍。在仅 3℃ 的海水中，一只只杀人鲸彷佛跳着海底芭蕾舞，先是围着一群新鲜肥美的鲱鱼打转、迫使「盘中飧」浮上台面，再以巨大尾鳍拍打海水、惊吓牠们，然后就到了开饭时间，而且这批老饕猎食者往往只吃最美味的部分，包括鱼卵和鱼肉。

过去 20 年间，鲱鱼鱼群为了寻找 6℃ 以下有利于繁殖的水温，已往北迁徙 300 公里，杀人鲸也尾随而来。「我们相信全球暖化导致海水水温上升，迫使鲱鱼往北迁徙」，生态导游迪拉图说：「长期而言，牠们将继续往北迁徙，倘若牠们数量萎缩，对于鲸鱼、杀人鲸、海鸟和鳕鱼而言都会是环境浩劫。」这些大量往北迁徙的杀人鲸也促成挪威的生态旅游更蓬勃发展，「赏鲸是教育人们、帮助人们认识这些海洋生物的好方式」。

節慶活動

學習目標

1 能學會元宵節活動相關詞彙
2 能學會與十二生肖相關之吉祥話
3 能學會形容放天燈之美麗景象
4 能學會形容放蜂炮之熱鬧景象

第九課：平溪天燈
第十課：鹽水蜂炮

平溪天燈

日本大型天燈遠渡重洋交流

平溪天燈放閃　圓滿豬元宵驚豔

課前閱讀

請看新聞標題，再回答以下問題：

❶ 這是臺灣哪個節日的慶祝活動？

❷ 「豬」跟這則新聞有什麼關係？

❸ 「遠渡重洋交流」是什麼意思？

日本大型天燈遠渡重洋交流

平溪天燈放閃　圓滿豬元宵驚豔

張穎齊／新北報導

元宵節到來，「2019新北市平溪天燈節」繼16日請到新北市長侯友宜、基隆市長林右昌、桃園市長鄭文燦等3名市長齊放天燈後，第2場19日在十分廣場熱鬧登場，新北市府呼應今年生肖年為豬，特別製作可愛的「圓滿豬」主燈，象徵「一切圓滿，諸事亨通」，令全場民眾為之驚豔。

各地遊客　排隊祈福

現場一早，就有許多國內外遊客到現場排隊，搶到頭香的是一位來自內壢的Jennifer，第1次來放天燈，希望能為身邊的親友祈求健康平安。接著是一對甜蜜的情侶檔，分別來自紐約的29歲Anthony與深圳的22歲陳小姐，2人於挪威相識，今年特別相約來新北放天燈，許下希望兩人能結婚與考上研究所的心願。

一切圓滿　諸事亨通

此外，日本三重縣立松阪商高與新北市立三重商工更藉由天燈串起姊妹校的約定，市府也與日本三重縣觀光局合作，提供300盞天燈，邀請日本當地民眾共同前來新北施放；日本秋田縣大仙市長則是親自帶來當地「天燈祭」特有的大型天燈遠渡重洋前來交流。

新北市副市長吳明機表示，為了呼應今年為己亥（豬）年，同樣跳脫傳統的天燈既有外型，製作出相當生動可愛的「圓滿豬」主燈，以具象的線條呈現出活靈活現的小豬，主燈取「諸凡順遂、諸事亨通」吉祥祝福之意，祝賀大家新的一年都能萬事亨通、諸事大吉。

新型主燈　跳脫傳統

新北市政府觀光旅遊局表示，平溪天燈節在國際間享譽盛名，活動現場共規畫10波天燈施放，每波各施放150盞，美麗天燈齊飛的畫面，也讓每個參與晚間盛會的遊客們留下深刻印象。

觀旅局補充，今年天燈節也和在地合作，除推出「399平溪體驗遊」外，並與雙溪區公所推出「2019平溪天燈慶元宵　順遊雙溪GOGOGO」的在地導覽，邀大家除了放天燈，更透過深訪感受周邊豐富的旅遊資源。

（取自 2019/2/20 中國時報）

01 遠ㄩㄢˇ渡ㄉㄨˋ重ㄔㄨㄥˊ洋ㄧㄤˊ yuǎndù chóngyáng　to travel across oceans
經過海洋到較遠的地方

許多外國學生遠渡重洋，來到台灣學中文。

02 放ㄈㄤˋ閃ㄕㄢˇ fàngshǎn　to flare up
本課指「天燈放出亮光」。一般常用在表示情人或夫妻透過行為讓別人知道他們感情好。

王小姐喜歡在臉書放閃，常把跟男朋友吃飯的照片上傳給朋友欣賞。

03 圓ㄩㄢˊ滿ㄇㄢˇ yuánmǎn　perfection
事物完美、滿意

喜酒一般都有「湯圓」這道菜，圓圓的湯圓代表「圓滿」。

04 驚ㄐㄧㄥ豔ㄧㄢˋ jīngyàn　to be stunning
好得讓人覺得不可思議

那個設計師經驗不多，但設計出的商品卻讓人驚豔。

05 齊ㄑㄧˊ qí　in synchrony
書 一起

運動會開始前，老師請學生齊唱校歌。

06 登ㄉㄥ場ㄔㄤˇ dēngchǎng　to kick off; to be staged
（活動、表演、節日）開始

今年的國際小提琴大賽將於十月在國家音樂廳登場。

07 市ㄕˋ府ㄈㄨˇ shìfǔ　the city government
市政府的縮略

08 呼ㄏㄨ應ㄧㄥˋ hūyìng　to echo
人們對事物有反應、配合

反酒駕聯盟呼籲政府重罰酒後開車肇事者，不少人以「零容忍」來呼應。

09 生ㄕㄥ肖ㄒㄧㄠˋ shēngxiào　Chinese zodiac
中國農曆每一年的代表動物，共 12 個

今年是豬年，生肖是豬的剛好 12 歲、24 歲或 36 歲等等。

10 為ㄨㄟˊ wéi　to be
書 是

依照十二生肖，今年為豬年。

11 製ㄓˋ作ㄗㄨㄛˋ zhìzuò　to produce
做（商品、產品）

那家公司用再生紙製作了筆記本，受到消費者歡迎。

⑫ 象徵 xiàngzhēng
to symbolize
代表、表示

湯圓象徵圓滿，台灣人在有喜事的時候都會吃湯圓。

⑬ 一切 yíqiè
all, everything
全部、所有

不管颱風、地震，一切都是大自然的現象，改變不了。

⑭ 諸事亨通 zhūshì hēngtōng
all goes well
由「萬事亨通、諸事大吉」兩句吉祥話來的，象徵所有事情都順利

哥哥打算自己創業，朋友都祝他諸事亨通。

⑮ 令 lìng
to make (people)...
書 使／讓

強烈颱風將抵達本島沿海地區，令居民擔心極了。

⑯ 為之 wéizhī
because of it
書 因為這個…（常搭配「驚豔／瘋狂／恐懼」）

那位大企業老闆拿出他們今年推出的新型手機時，觀眾全部為之驚豔。

⑰ 遊客 yóukè
tourist
旅遊的人

各國遊客一到台灣，就前往夜市大快朵頤。

⑱ 祈福 qífú
to pray for good luck
祈求幸福

放天燈是希望能為自己或親人祈福。

⑲ 搶頭香 qiǎng tóuxiāng
to be the first worshiper presenting incense
搶到第一

哥哥為了搶頭香，天還沒亮就去廟門口排隊，等廟開門後第一個跑進去拜拜 (bàibài, to worship)。

⑳ 為 wèi
for
書 替

大家在天燈上寫下心願，為自己祈福。

㉑ 祈求 qíqiú
to pray
向神請求

大年初一，每座廟都擠滿了祈求一年健康平安的人。

㉒ 情侶檔 qínglǚdǎng
couple
相愛的兩個人成為一組

夜晚的公園會看到許多情侶檔在聊天、散步。

㉓ 於 ㄩˊ　yú　(to be located) at
　　📖 在

政府於東部建立了一條新的鐵路，改善交通不便的問題。

㉔ 相ㄒㄧㄤ 識ㄕˋ　xiāngshì　to get to know each other
　　互相認識

那對情侶檔相識於 2019 年夏天。

㉕ 許ㄒㄩˇ 下ㄒㄧㄚˋ　xǔxià　to make (a wish, a promise)
　　向神祈求（心中願望）

媽媽過生日時許下了一個願望，希望全家健康平安。

㉖ 心ㄒㄧㄣ 願ㄩㄢˋ　xīnyuàn　wish
　　心裡的願望

他出國留學的心願終於實現了。

㉗ 此ㄘˇ 外ㄨㄞˋ　cǐwài　in addition
　　📖 另外

政府訂定油價凍漲方案，此外，也將油價計算方式改為浮動方式。

㉘ 藉ㄐㄧㄝˋ 由ㄧㄡˊ　jièyóu　through; by means of
　　透過／靠著…來…

很多公司藉由漲價來提高利潤，令消費者不滿。

㉙ 串ㄔㄨㄢˋ 起ㄑㄧˇ　chuànqǐ　to string up...
　　一個一個接起來

夜市小販把小番茄一個個串起，賣給顧客。

㉚ 姊ㄐㄧㄝˇ 妹ㄇㄟˋ 校ㄒㄧㄠˋ　jiěmèixiào　sister schools
　　兩個學校的關係像姊妹一般

㉛ 約ㄩㄝ 定ㄉㄧㄥˋ　yuēdìng　to make a deal
　　約好一件事

同學們約定畢業十年後一起回學校再聚聚。

㉜ 盞ㄓㄢˇ　zhǎn　a unit word for lanterns
　　燈的量詞

公園周邊裝置了許多盞路燈，讓晚回家的人覺得很溫馨。

㉝ 邀ㄧㄠ 請ㄑㄧㄥˇ　yāoqǐng　to invite
　　請

國家音樂廳邀請了世界知名鋼琴家來表演。

㉞ 共ㄍㄨㄥˋ 同ㄊㄨㄥˊ　gòngtóng　jointly; together
　　一起

幾位專家努力了將近半個月，共同解決了駭客入侵的問題。

㉟ 施_ㄕ放_{ㄈㄤ}　　shīfàng　　to launch (fireworks)
放（常用在施放煙火）

台灣跨年那天晚上，101 大樓會施放煙火，迎接 (yíngjiē, to welcome) 新年。

㊱ 親_{ㄑㄧㄣ}自_ㄗ　　qīnzì　　in person
自己去（做什麼）

辦簽證的時候一定要親自簽名。

㊲ 副_{ㄈㄨ}　　fù　　deputy...; vice...
幫助某個職位、第二個重要的人，如：副總統、副市長、副經理

總統及副總統一起參與了新年活動。

㊳ 己_{ㄐㄧ}亥_{ㄏㄞ}年_{ㄋㄧㄢ}　　jǐhàinián　　the name of a lunar year which repeats every 60 years, like 1959, 2019, 2079 etc.
農曆年的名字。2019 年是己亥年。

㊴ 跳_{ㄊㄧㄠ}脫_{ㄊㄨㄛ}　　tiàotuō　　to escape; to break away from...
跳出、離開

有些年輕人不喜歡傳統的結婚方式，想要跳脫那些限制。

㊵ 既_{ㄐㄧ}有_{ㄧㄡ}　　jìyǒu　　existing
已經有

老闆希望我們排除既有的網購模式，設計出更便利的網站功能。

㊶ 外_{ㄨㄞ}型_{ㄒㄧㄥ}　　wàixíng　　style
外在的樣子

許多歌手常請專家來幫忙塑造外型，是為了吸引歌迷 (gēmí, fan) 注意。

㊷ 生_{ㄕㄥ}動_{ㄉㄨㄥ}　　shēngdòng　　to be lively and vivid
很活潑、有變化

那位明星的演技非常生動、活潑，難怪能得到大獎。

㊸ 具_{ㄐㄩ}象_{ㄒㄧㄤ}　　jùxiàng　　concrete
看得見的、清楚的

中國人認為「龍」是一種動物，但我們在畫上看到具象的龍，只是畫家想像出來的。

㊹ 線_{ㄒㄧㄢ}條_{ㄊㄧㄠ}　　xiàntiáo　　lines
線

中國山水畫的線條不清楚，花鳥畫則有明顯的線條。

㊺ 呈_{ㄔㄥ}現_{ㄒㄧㄢ}　　chéngxiàn　　to show; to display
表現出來

人民的生活情況可以呈現出一個國家的強弱 (ruò, weak)。

㊻ 活_{ㄏㄨㄛˊ}靈_{ㄌㄧㄥ}活_{ㄏㄨㄛˊ}現_{ㄒㄧㄢˋ} huólíng huóxiàn — vividly / 生動活潑像真的

老師把故事說得活靈活現，讓我感覺好像真的一樣。

㊼ 取_{ㄑㄩˇ} qǔ — to give (a name), to use / 給，用

爸爸給他取「世平」這個名字是取世界和平之意。

㊽ 諸_{ㄓㄨ}凡_{ㄈㄢˊ}順_{ㄕㄨㄣˋ}遂_{ㄙㄨㄟˋ} zhūfán shùnsuì — all goes well / 所有的事都順利。諸、凡是「所有的」意思

「諸凡順遂、諸事亨通」都是祝福別人一切順利、萬事發達。

㊾ 祝_{ㄓㄨˋ}賀_{ㄏㄜˋ} zhùhè — to give blessing to... / 祝福

新年時說「恭喜恭喜」，就是祝賀別人新的一年平安順利。

㊿ 享_{ㄒㄧㄤˇ}譽_{ㄩˋ}盛_{ㄕㄥˋ}名_{ㄇㄧㄥˊ} xiǎngyù shèngmíng — to enjoy fame and popularity / 得到非常好的名聲 (fame)

電影導演李安在國際上享譽盛名。

51 規_{ㄍㄨㄟ}畫_{ㄏㄨㄚˋ} guīhuà — to plan / 安排計畫。常用「規劃」

畢業以前，就該規畫好未來就業的方向。

52 畫_{ㄏㄨㄚˋ}面_{ㄇㄧㄢˋ} huàmiàn — screenshot / 電視、電腦螢幕上出現的形象

電影中很多精彩的畫面使人一輩子都忘不了。

53 參_{ㄘㄢ}與_{ㄩˋ} cānyù — to participate / 參加

父母積極參與反酒駕聯盟規畫的抗議活動。

54 盛_{ㄕㄥˋ}會_{ㄏㄨㄟˋ} shènghuì — a great event / 很大的活動／會議

如果元宵節時來台灣旅行，千萬別錯過元宵節盛會。

55 深_{ㄕㄣ}刻_{ㄎㄜˋ} shēnkè — deeply / 深

故宮博物院的藝術品令觀光客印象深刻。

56 補_{ㄅㄨˇ}充_{ㄔㄨㄥ} bǔchōng — in supplement / 因為不夠，再加一點

老師擔心大家沒聽懂明天集合的地點，又補充說明了一下。

57 在地 zàidì
local
當地

政府透過推銷農產品來介紹在地文化，並幫助在地農民。

58 體驗 tǐyàn
to experience
親自去感受、經驗

出國旅遊是體驗外國文化與生活的好方式。

59 導覽 dǎolǎn
guided tour
帶著（人）參觀並介紹或說明

博物館有各種語言的導覽服務，這些導覽員個個知識豐富。

60 感受 gǎnshòu
to feel
內心中比較深的感覺

因為有人酒駕而失去家人的那種痛苦，不是人人能感受到的。

61 豐富 fēngfù
rich; abundant
很多

台灣東部許多鄉鎮還保留著豐富的原住民文化。

專有名詞 Proper Noun

01 新北市 Xīnběi shì
New Taipei City
地名，位於台北市周圍

02 基隆市 Jīlóng shì
Keelung City
地名，位於台北市北邊

03 桃園市 Táoyuán shì
Taoyuan City
地名，位於新北市南邊

04 十分 Shífēn
Shihfen
地名，在新北市

05 內壢 Nèilì
Neili
地名，在桃園市

06	深ㄕㄣ圳ㄓㄨㄣ	Shēnzhèn	Shenzhen 地名，在中國大陸廣東省
07	三ㄙㄢ重ㄔㄨㄥ縣ㄒㄧㄢ立ㄌㄧ 松ㄙㄨㄥ阪ㄅㄢ商ㄕㄤ高ㄍㄠ	Sānchóng xiànlì Sōngbǎn shānggāo	Mie Prefecture Matsusaka Commercial High School 日本學校的名字
08	新ㄒㄧㄣ北ㄅㄟ市ㄕ立ㄌㄧ 三ㄙㄢ重ㄔㄨㄥ商ㄕㄤ工ㄍㄨㄥ	Xīnběi shìlì Sānchóng shānggōng	New Taipei San-chung Commercial and Industrial Vocational High school 台灣學校的名字
09	觀ㄍㄨㄢ光ㄍㄨㄤ局ㄐㄩ	Guānguāng jú	Bureau of Tourism 政府單位
10	秋ㄑㄧㄡ田ㄊㄧㄢ縣ㄒㄧㄢ 大ㄉㄚ仙ㄒㄧㄢ市ㄕ	Qiūtián xiàn Dàxiān shì	Daisen City, Akita Prefecture 地名
11	觀ㄍㄨㄢ光ㄍㄨㄤ旅ㄌㄩ遊ㄧㄡ局ㄐㄩ	Guānguāng lǚyóu jú	Tourism and Travel Bureau 政府單位
12	雙ㄕㄨㄤ溪ㄒㄧ區ㄑㄩ公ㄍㄨㄥ所ㄙㄨㄛ	Shuāngxī qū gōngsuǒ	Shuangxi District Office 新北市政府單位

句型 Sentence Pattern

1 於

世界盃足球賽於烏拉圭 (Uruguay) 舉辦了第一屆。

政府規畫於東部建造一座電廠，預計於三年後開始進行。

2 藉由

藉由加重刑期來遏阻酒後開車肇事的狀況增加。

政府研擬藉由降低稅率來促進出口。

3 令（人）為之…

地震發生瞬間天搖地動，令人為之恐懼。

滿山遍野的櫻花令遊客為之驚豔。

課文理解與討論 ▶▶

❶ 這是哪個城市辦的活動？在哪裡？

❷ 2019 年的主燈叫什麼名字？象徵什麼？

❸ 現場排隊排在第一個的遊客是從哪裡來的？她常來放天燈嗎？

❹ 現場排在第二的兩個人來自哪裡？來放天燈的目的是什麼？

❺ 日本三重縣松阪商高與新北市三重商工有什麼關係？

❻ 日本三重縣的居民能來放天燈嗎？

❼ 日本秋田縣大仙市長帶來了什麼？

❽ 今年的主燈外型有什麼特色？

❾ 今年主燈取了什麼祝福之意？

❿ 平溪天燈節在國際間很有名嗎？

⓫ 什麼畫面讓觀光客印象深刻？

⓬ 去平溪，除了放天燈還可以做什麼？

⓭ 你放過天燈嗎？你在天燈上寫了什麼祝福的話？請你說說去放天燈的印象。

❶ 以下的台灣節慶是按照農曆（陰曆）還是陽曆？是哪一天呢？大概有哪些活動？

	日期	活動	應景食物
新年	農曆一月一日	家人團圓 向別人拜年	年糕、魚
元宵節			
清明節			
端午節			
中秋節			
重陽節			

❷ 請參考附錄的天干地支及十二生肖，算算表中的年分名稱。

西元	2019	2020	2025	2030	2035
農曆年名稱	己亥年				
十二生肖	豬				

附錄：十二生肖與天干地支(農曆年名字) ▶▶

　　古代以干支計算年或日，干支是天干與地支的合稱。天干有十個，地支有十二個，由兩者經過一定的組合方式搭配成六十對，以甲子為首，六十年為一個周期循環，統稱甲子或花甲。

天干	甲	乙	丙	丁	戊	已	庚	辛	壬	癸	甲	乙	丙	丁…
地支	子	丑	寅	卯	辰	已	午	未	申	酉	戌	亥	子	丑…

干支 60 年各年分名稱

甲子	乙丑	丙寅	丁卯	戊辰	己巳	庚午	辛未	任申	癸酉
鼠	牛	虎	兔	龍	蛇	馬	羊	猴	雞
甲戌	乙亥	丙子	丁丑	戊寅	己卯	庚辰	辛巳	壬午	癸未
狗	豬	鼠	牛	虎	兔	龍	蛇	馬	羊
甲申	乙酉	丙戌	丁亥	戊子	己丑	庚寅	辛卯	壬辰	癸巳
甲午	乙未	丙申	丁酉	戊戌	己亥	庚子	辛丑	壬寅	癸卯
					豬 （2019）				
甲辰	乙巳	丙午	丁未	戊申	己酉	庚戌	辛亥	壬子	癸丑
甲寅	乙卯	丙辰	丁巳	戊午	己未	庚申	辛酉	壬戌	癸亥

鹽水蜂炮

NEWS

人文 環保 表演 氣象 時尚 旅遊 社會 外交 政治 經濟

鹽水蜂炮炸裂如不夜城　越晚越美麗

課前閱讀

請看新聞標題，再回答以下問題：

❶「不夜城」是什麼意思？

❷「越晚越美麗」是什麼意思？

❸ 請猜猜「鹽水」這個地方在台灣北部還是南部？

NEWS

人文 環保 表演 氣象 時尚 旅遊 社會 外交 政治 經濟

鹽水蜂炮炸裂如不夜城 越晚越美麗

兩天一夜的台南鹽水蜂炮今晚遶境陣頭再度從鹽水武廟前出發，一座座炮城的沖天炮瞬間發射，將鹽水夜空照耀得更璀璨，越晚越美麗，鹽水小鎮有如不夜城。

鹽水蜂炮吸引大批遊客湧進鹽水，估計今晚遊客比昨晚至少多了 3 倍以上，鹽水武廟前更是寸步難行，擔心裝備不足的遊客受傷，廟方不斷提醒遊客注意安全，原預定 6 點出發的遶境陣頭，直到晚上 7 點許才出發。

「咻咻咻…」在與會遊客期盼下，鹽水武廟前瀑布煙火點燃掀起第一波高潮，約 10 分鐘後，廟前 3 座炮城數以萬計沖天炮從炮城射出，不時傳出陣陣爆炸聲響，不少人忙閃躲，也有全身裝備密不透風者反而身體趨前，不是跳躍閃躲。

隨後文武街龍護宮的太子爺炮城登場，在場神轎則不時左右搖晃，現場瀰漫濃濃煙火味，附近多座炮城也持續點燃施放，照亮夜空，欲罷不能。

（取自 2019/2/19 聯合新聞網）

01 蜂炮 fēngpào beehive fireworks
一種鞭炮

02 炸裂 zhàliè to blow up
爆炸裂開

03 如 rú to be like; to resemble
書 好像

朋友如鏡子，可以看出自己的優點與缺點 (quēdiǎn, weakness)。

04 不夜城 búyèchéng a 24-hour city
地方很亮，好像沒有夜晚的城市

元宵節時，鹽水鎮施放的蜂炮，讓城市亮得好像一座不夜城。

05 遶境 ràojìng to go around the territory
帶著神到各處祈福的活動

「媽祖遶境」是在媽祖生日時舉辦的一種活動。

06 陣頭 zhèntóu parade formation
台灣民俗活動，一種團體表演

07 出發 chūfā to set out
離開、出門

今年媽祖遶境是在三月二十日晚上九點出發。

08 座 zuò item word for large object
量詞，常用在大物體，如：山、橋、大樓

09 炮城 pàochéng firecracker tower
由鞭炮組成的炮台

10 沖天炮 chōngtiānpào rocket firecracker
向天空沖上去的鞭炮

11 發射 fāshè to shoot
（鞭炮、火箭）射出去

沖天炮發射出去的瞬間，因為聲音很大，觀眾都嚇了一跳。

12 夜空 yèkōng night sky
夜晚的天空

13 照耀 zhàoyào to shed light on...
（太陽、火光）照亮

陽光照耀在海面上，看起來一片金色，很美。

14 璀璨 cuǐcàn dazzling
形容東西很漂亮、亮亮的，如：鑽石、珍珠

聖誕節時，百貨公司掛著各種顏色的小燈，璀璨的燈光吸引著顧客的目光。

⑮ 有如　yǒurú　to look like; to resemble
書 好像

那座島的外型有如一隻烏龜，因此被稱為「龜山島」。

⑯ 湧進　yǒngjìn　to flush in
很多人像水一樣擠進去

入場時間一到，大批觀眾湧進五月天的演唱會會場。

⑰ 寸步難行　cùnbù nánxíng　can hardly move a step
路很難走，一小步都走不了

元宵節的夜晚，老街湧進上萬的遊客，簡直寸步難行。

⑱ 裝備　zhuāngbèi　equipment
為了活動準備的設備及物品

爬高山時的裝備很重要，鞋、外套、地圖都得準備好。

⑲ ～方（廟方）　fāng (miàofāng)　on the side of...
（廟）那邊，指某個團體的那一邊

因為遊客太多，廟方希望大家注意安全。

校方表示，今年入學的學生男性多於女性。

⑳ 預定　yùdìng　to be scheduled to...
預先訂定

酒駕肇事將受嚴懲的法律預定明年開始施行。

㉑ ～（七點）許　(qīdiǎn) xǔ　a little past...
書 表示大概的時間，如：七點多

夏天太陽升起的時間約五時許。

㉒ 咻咻　xiūxiū　a whooshing sound
擬聲詞，形容鞭炮射出的聲音

㉓ 與會　yùhuì　to attend (a meeting)
參與（會議、活動）

這個交通改善方案得到與會者的支持。

㉔ 期盼　qípàn　to long for
非常希望

父母期盼孩子不僅能自食其力，未來也有自己的一片天。

㉕ 瀑布　pùbù　waterfalls
從上而下的水

在橋上施放的跨年煙火有如瀑布一般流下。

㉖ 點燃（ㄉㄧㄢˇ ㄖㄢˊ）　diǎnrán　to light up...
點（火、炮、菸）

市長點燃跨年煙火後，璀璨的煙火瞬間照耀著夜空。

㉗ 掀起（ㄒㄧㄢ ㄑㄧˇ）　xiānqǐ　to arouse
帶起，引起

㉘ 高潮（ㄍㄠ ㄔㄠˊ）　gāocháo　climax
最有吸引力、最精彩的那部分

當明星帶著大家一起倒數 (dàoshǔ, countdown) 時，掀起了跨年晚會的高潮。

㉙ 數以萬計（ㄕㄨˋ ㄧˇ ㄨㄢˋ ㄐㄧˋ）　shùyǐ wànjì　tens of thousands
以「萬」來計算，意思是非常多

數以萬計的支持者湧進總統候選人的會場，擠得寸步難行。

㉚ 不時（ㄅㄨˋ ㄕˊ）　bùshí　occasionally; once in a while
1. 常常
2. 在一段時間內，一陣子有一陣子沒有

夏天的午後，台北不時會出現雷陣雨。

㉛ 傳出（ㄔㄨㄢˊ ㄔㄨ）　chuánchū　to send out (sound)
發送出

還沒走到夜市就可以聽到那裡傳出的熱鬧聲音。

㉜ 陣（ㄓㄣˋ）　zhèn　unit word for wind, rain, sound
量詞，常用在風、雨、聲音

忽然颳起了一陣風，把桌上的報紙吹 (chuī, to blow) 得亂飛。

㉝ 爆炸（ㄅㄠˋ ㄓㄚˋ）　bàozhà　explosion

在加油站旁不能施放煙火，一不小心就會造成爆炸。

㉞ 聲響（ㄕㄥ ㄒㄧㄤˇ）　shēngxiǎng　sound
聲音

那個化學工廠發生了爆炸，爆炸的聲響連一公里外都聽得見。

㉟ 閃躲（ㄕㄢˇ ㄉㄨㄛˇ）　shǎnduǒ　to dodge
閃避、躲開

有一隻狗忽然從巷子裡跑出來，那輛車來不及閃躲而撞到了牠。

㊱ 密不透風（ㄇㄧˋ ㄅㄨˊ ㄊㄡˋ ㄈㄥ）　mìbú tòufēng　airtight
緊密得連風都過不去

我非常怕冷，冷氣團一到，我就把自己包得密不透風。

㊲ 趨前 qūqián to move forward
往前

記者一看到總統出現，就急著趨前訪問他。

㊳ 跳躍 tiàoyuè to jump
跳起來

小狗看見主人回來，高興得不斷跳躍。

㊴ 隨後 suíhòu then; before long
接著、跟在後面

一隻北極熊出來覓食，隨後卻遭到入侵者射殺。

㊵ 神轎 shénjiào sedan chair
神坐的轎子 (jiàozi, sedan)

神坐在神轎內出外遶境。

㊶ 搖晃 yáohuàng to swing
左右搖動

地震的時候，屋內的燈搖晃得非常厲害。

㊷ 瀰漫 mímàn to permeate
充滿

總統選舉前，各地都瀰漫著緊張的氣氛。

㊸ 濃 nóng thick; strong (flavor)
（味道、氣氛）多、重

臭豆腐的味道很特別，濃濃的香味使人忘不了。

㊹ 照亮 zhàoliàng to light up
陽光、燈光、火光把地方弄亮

一打開窗戶，陽光就照亮了整個房間。

㊺ 欲罷不能 yùbà bùnéng to find it hard to stop
想結束但結束不了

好喝的珍珠奶茶讓人欲罷不能，我一口氣把一杯都喝完了。

01	鹽ㄢ水ㄕㄨㄟ鎮ㄓㄣ	Yánshuǐ zhèn	Yenshui 地名，在台南市
02	武ㄨ廟ㄇㄠ	Wǔmiào	Guan Yu Temple 廟名
03	文ㄨㄣ武ㄨ街ㄐㄧㄝ	Wénwǔjiē	Wenwu Street 街名
04	龍ㄌㄨㄥ護ㄏㄨ宮ㄍㄨㄥ	Lónghùgōng	Longhu Temple 廟名
05	太ㄊㄞ子ㄗ爺ㄧㄝ炮ㄆㄠ城ㄔㄥ	Tàizǐyé pàochéng	firecracker tower of Prince Nuózhà 蜂炮名

句型 *Sentence Pattern*

1 A 有如 B

元宵節夜晚鹽水鎮有如不夜城。

手機有如年輕人的第二生命。

2 …比…至少多 / 少了…（以上）

假日的時候，逛夜市的觀光客比平日至少多了一倍以上。

因為豬瘟的關係，餐廳的生意比三個月前至少少了一半（以上）。

3 直到…才…

跨年璀璨的煙火直到三分鐘後才施放完。

直到動物瀕危，生態遭遇浩劫的問題才浮上檯面。

課文理解與討論 ▸▸

❶ 這次鹽水蜂炮是幾天的活動？

❷ 鹽水蜂炮遶境的陣頭由哪裡出發？

❸ 為什麼鹽水鎮「有如不夜城」？

❹ 今晚跟昨晚的遊客數量差多少？

❺ 廟方不斷提醒遊客什麼事情？

❻ 造成遶境陣頭比預計出發的時間晚的原因是什麼？

❼ 掀起蜂炮第一波高潮的設計是什麼？

❽ 什麼樣的人看到蜂炮射出來不是閃躲而是趨前？

❾ 太子爺炮城登場時，在場神轎會怎麼樣？

❿ 蜂炮現場瀰漫著什麼氣味？你覺得好聞嗎？

⓫ 你認為看蜂炮的遊客是不是也欲罷不能？

⓬ 一個晚上放這麼多蜂炮（鞭炮），你覺得好嗎？為什麼？

　　無論施放天燈或是蜂炮，都有人批評，也有人支持這些民俗活動。請試著從以下這些人的角度來討論這個活動是否該持續下去，具體說出各人的立場及自己的意見。

❶ 當地居民：我家三代都住在這裡，爺爺說以前過節就是到廟裡拜拜、跟家人吃飯，⋯

❷ 賣天燈的業者：把放天燈變成一個民俗活動真是太好了，⋯

❸ 賣小吃的攤販：我們這個小鎮平常沒什麼人，⋯

❹ 環保人士：沒燒完的天燈掉下來變成垃圾，放蜂炮的煙使空氣變得很差，⋯

❺ 民俗文化學者：台灣在地的民俗文化逐漸受到重視與歡迎真是好事，⋯

❻ 寺廟跟陣頭表演者：請陣頭來表演謝神才熱鬧，也吸引更多人來廟裡拜拜，⋯

附錄：兩篇主新聞內容的簡體字版 ▶▶

第九课 日本大型天灯远渡重洋交流
平溪天灯放闪　圆满猪元宵惊艳

元宵节到来，「2019 新北市平溪天灯节」继 16 日请到新北市长侯友宜、基隆市长林右昌、桃园市长郑文灿等 3 名市长齐放天灯后，第 2 场 19 日在十分广场热闹登场，新北市府呼应今年生肖年为猪，特别制作可爱的「圆满猪」主灯，象征「一切圆满，诸事亨通」，令全场民众为之惊艳。

各地游客 排队祈福

现场一早，就有许多国内外游客到现场排队，抢到头香的是一位来自内坜的 Jennifer，第 1 次来放天灯，希望能为身边的亲友祈求健康平安。接着是一对甜蜜的情侣档，分别来自纽约的 29 岁 Anthony 与深圳的 22 岁陈小姐，2 人于挪威相识，今年特别相约来新北放天灯，许下希望两人能结婚与考上研究所的心愿。

一切圆满 诸事亨通

此外，日本三重县立松阪商高与新北市立三重商工更藉由天灯串起姊妹校的约定，市府也与日本三重县观光局合作，提供 300 盏天灯，邀请日本当地民众共同前来新北施放；日本秋田县大仙市长则是亲自带来当地「天灯祭」特有的大型天灯远渡重洋前来交流。

新北市副市长吴明机表示，为了呼应今年为己亥（猪）年，同样跳脱传统的天灯既有外型，制作出相当生动可爱的「圆满猪」主灯，以具象的线条呈现出活灵活现的小猪，主灯取「诸凡顺遂、诸事亨通」吉祥祝福之意，祝贺大家新的一年都能万事亨通、诸事大吉。

新型主灯　跳脱传统

新北市政府观光旅游局表示，平溪天灯节在国际间享誉盛名，活动现场共规画 10 波天灯施放，每波各施放 150 盏，美丽天灯齐飞的画面，也让每个参与晚间盛会的游客们留下深刻印象。

观旅局补充，今年天灯节也和在地合作，除推出「399 平溪体验游」外，并与双溪区公所推出「2019 平溪天灯庆元宵 顺游双溪 GOGOGO」的在地导览，邀大家除了放天灯，更透过深访感受周边丰富的旅游资源。

第十课　盐水蜂炮炸裂如不夜城　越晚越美丽

两天一夜的台南盐水蜂炮今晚绕境阵头再度从盐水武庙前出发，一座座炮城的冲天炮瞬间发射，将盐水夜空照耀得更璀璨，越晚越美丽，盐水小镇有如不夜城。

盐水蜂炮吸引大批游客涌进盐水，估计今晚游客比昨晚至少多了 3 倍以上，盐水武庙前更是寸步难行，担心装备不足的游客受伤，庙方不断提醒游客注意安全，原预定 6 点出发的绕境阵头，直到晚上 7 点许才出发。

「咻咻咻…」在与会游客期盼下，盐水武庙前瀑布烟火点燃掀起第一波高潮，约 10 分钟后，庙前 3 座炮城数以万计冲天炮从炮城射出，不时传出阵阵爆炸声响，不少人忙闪躲，也有全身装备密不透风者反而身体趋前，不是跳跃闪躲。

随后文武街龙护宫的太子爷炮城登场，在场神轿则不时左右摇晃，现场弥漫浓浓烟火味，附近多座炮城也持续点燃施放，照亮夜空，欲罢不能。

第 **6** 單元

網際網路

學習目標

1. 能閱讀社群網站相關問題的新聞
2. 能瞭解與社群網站相關的詞彙
3. 能運用與社群網站相關的詞彙及句型

第十一課：谷歌臉書頭痛
第十二課：臉書密碼外洩

谷歌臉書頭痛

LESSON.11

歐盟祭出新著作權法
谷歌、臉書頭痛

課前閱讀

請看新聞標題，再回答以下問題：

❶ 歐盟採取什麼措施？
❷ 對誰有影響？
❸ 你想為什麼有影響？

歐盟祭出新著作權法 谷歌、臉書頭痛

【編譯徐榆涵／綜合報導】歐洲議會通過一項著作權改革法案，為作家和藝術家提供更多的創作權和收入保障，但有批評者認為，此一措施恐對美國科技巨擘造成深遠影響。

歐洲議會 26 日表決新著作權法，以 348 票同意、274 反對通過，另有 36 人棄權。新著作權法重點在於迫使谷歌、YouTube 和臉書等網路領導企業必須就刊登內容取得版權證明，並負起違反著作權法規定內容的下架責任。

該項修法於 2016 年就開始推行，點燃臉書、谷歌及藝人與媒體業者等正反陣營的激戰。部分人士批評，此舉扼殺網路自由和創造力。法案目前尚待歐洲理事會批准，若順利通過將於 2021 年正式生效。

谷歌尤其對修法抨擊最為強烈，因為新法威脅其 YouTube 的影片分享服務與谷歌新聞平台的商業模式。

法國長期以來支持翻新著作權法，以保護歐洲藝術產業。法國文化部長弗易斯特（Franck Riester）說，這是藝術家、記者、歐洲企業和公民的重要勝利。他說，「歐洲全面且堅定地參與數位革命，同時保留其文化主權」。

歐盟執委會主席容克的發言人指出，該措施為歐盟試圖收回數位領域控制權的一部分。

（取自 2019/3/27 聯合晚報）

01 網ㄨㄤˇ 際ㄐㄧˋ 網ㄨㄤˇ 路ㄌㄨˋ　wǎngjì wǎnglù　Internet

02 頭ㄊㄡˊ 痛ㄊㄨㄥˋ　tóutòng　headache
頭部痛；讓人覺得麻煩

03 祭ㄐㄧˋ 出ㄔㄨ　jìchū　to impose; to implement (a regulation)
拿出、用（方法、法律）

政府將對酒駕祭出更嚴格的法規。

04 著ㄓㄨˋ 作ㄗㄨㄛˋ 權ㄑㄩㄢˊ　zhùzuòquán　copyright
保障作者擁有作品的權利

為了保障作者的著作權，政府祭出更嚴的著作權法。

05 編ㄅㄧㄢ 譯ㄧˋ　biānyì　to translate and edit
編輯 (edit) 翻譯

06 綜ㄗㄨㄥˋ 合ㄏㄜˊ　zònghé　synthetic
把不同種類的東西合在一起

電影是一種綜合性藝術，包括音樂、戲劇等。

07 法ㄈㄚˇ 案ㄢˋ　fǎ'àn　act
法律草案

08 作ㄗㄨㄛˋ 家ㄐㄧㄚ　zuòjiā　writer
以寫作為工作的人

09 藝ㄧˋ 術ㄕㄨˋ 家ㄐㄧㄚ　yìshùjiā　artist
做藝術工作的人，如畫家、音樂家等

10 創ㄔㄨㄤˋ 作ㄗㄨㄛˋ　chuàngzuò　(original) work

這部電影不是他一個人的創作，是集合大家的努力完成的。

11 巨ㄐㄩˋ 擘ㄅㄛˋ　jùbò　authority in a certain field
最重要、最有代表性的人物或組織

李白是中國詩詞界的一代巨擘。

12 表ㄅㄧㄠˇ 決ㄐㄩㄝˊ　biǎojué　to decide by vote
投票決定

我們用舉手表決的方式決定這次旅行的地點。

13 棄ㄑㄧˋ 權ㄑㄩㄢˊ　qìquán　to abstain from voting; to waive one's right
放棄權利

他因為受傷而在比賽中棄權，非常可惜。

14 重ㄓㄨㄥˋ 點ㄉㄧㄢˇ　zhòngdiǎn　(key) point
重要的部分

要找到問題的重點才能解決問題。

⑮ 在於 zàiyú
to lie in
在

改革成功的因素在於能不能找到問題的重點。

⑯ 刊登 kāndēng
to post for publicity
把廣告、文章放在報紙、網路上

報上刊登了很多租屋廣告，你可以看報找適合你的房子。

⑰ 版權 bǎnquán
copyright

這本書是大家一起寫的，所以版權不是一個人的。

⑱ 證明 zhèngmíng
to prove
有根據可以清楚說明

每年的平均溫度不斷上升，可以證明全球暖化嚴重。

⑲ 負 fù
to bear (responsibility)
負擔（責任）

他是家裡最大的孩子，必須負起照顧全家的責任。

⑳ 違反 wéifǎn
to violate
不遵守

喝酒開車是違反交通法規的。

㉑ 下架 xiàjià
to be discontinued on market
把商品從架子上拿下來，不讓商店繼續賣

這些農產品因為使用的農藥超過規定的標準，所以都被下架了。

㉒ 該 gāi
that; the above-mentioned
書 那（前面所提到的）

農藥超標的產品已下架，估計該項產品的損失高達上千萬元。

㉓ 藝人 yìrén
entertainer
以表演為工作的人

㉔ 正反 zhèngfǎn
positive and negative; pros and cons

不論哪一個政策，大家都會有正反兩面的意見。

㉕ 陣營 zhènyíng
camp
有相同目標的人組成的團體

雖然我們站在不同的陣營，支持不同的候選人，但我們還是朋友。

㉖ 激ㄐㄧ戰ㄓㄢˋ　　　　jīzhàn　　　　fierce battle; heated debate

這場比賽在雙方激戰後，最後藍隊贏了。

㉗ 人ㄖㄣˊ士ㄕˋ　　　　rénshì　　　　personage
社會上的一般人

這次的會議邀請了各界人士來參加。

㉘ 此ㄘˇ舉ㄐㄩˇ　　　　cǐjǔ　　　　this (action)
這個動作

市長公開說明推行這個政策的目的，此舉得到很多市民的支持。

㉙ 扼ㄜˋ殺ㄕㄚ　　　　èshā　　　　to smother
讓事物不能存在或發展

台灣的教育一般只重視考試成績，這將扼殺學生的想像力。

㉚ 創ㄔㄨㄤˋ造ㄗㄠˋ力ㄌㄧˋ　　chuàngzàolì　　　creativity
一種想出別人沒想到的東西的能力

台灣的教育並不鼓勵學生運用創造力。

㉛ 尚ㄕㄤˋ　　　　shàng　　　　still; yet
書還

這項法案仍有正反意見，尚須經過各方討論。

㉜ 待ㄉㄞˋ　　　　dài　　　　to wait
等

目前這問題尚未決定如何處理，待專家討論後再決定。

㉝ 批ㄆㄧ准ㄓㄨㄣˇ　　　　pīzhǔn　　　　to approve
上級同意下級的要求

學校批准了他提早畢業的申請。

㉞ 生ㄕㄥ效ㄒㄧㄠˋ　　　　shēngxiào　　　　to become effective; to take effect
開始有效

這項法案將在下個月 1 號生效。

㉟ 抨ㄆㄥ擊ㄐㄧˊ　　　　pēngjí　　　　to attack; to criticize
批評

油價、電價持續上漲，受到媒體及民眾的抨擊。

㊱ 其ㄑㄧˊ　　　　qí　　　　his, her, its, their
書他／她／它的，他／她／它們的

若要將這些產品全部下架，其損失將難以預估。

37 分享 fēnxiǎng　to share
把自己擁有的分給別人一起享受

我們請畢業同學回校分享找工作的經驗及目前工作的情況。

38 平台 píngtái　platform

學校提供一個平台，讓大家都可以分享學習的經驗。

39 長期 chángqí　for a long time
很長的時期

他長期失業，現在連生活都有問題。

40 翻新 fānxīn　to renovate
把舊的改變成新的

這棟建築物已經有百年的歷史，正在進行翻新的工程 (gōngchéng, construction)。

41 產業 chǎnyè　industry

政府應該積極發展高科技產業。

42 部長 bùzhǎng　minister

43 公民 gōngmín　citizen

44 勝利 shènglì　victory
在競爭中打敗對方

我們每天不斷的練習，終於取得這場比賽的勝利。

45 堅定 jiāndìng　firmly
穩定不改變

你要堅定自己的想法，不要受別人影響。

46 數位 shùwèi　digital

隨著數位科技的發展，教學模式也因此改變。

47 革命 gémìng　revolution

現代科技革命改變了人們生活的方式。

48 主權 zhǔquán　sovereignty

該國是為了爭取國家主權的獨立而戰爭的。

㊾	主_{ㄓㄨˇ}席_{ㄒㄧ}	zhǔxí	chairperson 領導團體的人
㊿	發_{ㄈㄚ}言_{ㄧㄢˊ}人_{ㄖㄣˊ}	fāyánrén	spokesman 代表組織發表意見的人

該國政府發言人表示，他們是主權獨立的國家。

(51)	試_{ㄕˋ}圖_{ㄊㄨˊ}	shìtú	to attempt; to try 有目的地打算（做某件事）

他試圖解釋遲到的原因，但老闆並沒給他機會說明。

專有名詞 *Proper Noun*

01	谷_{ㄍㄨˇ}歌_{ㄍㄜ}	Gǔgē	Google
02	臉_{ㄌㄧㄢˇ}書_{ㄕㄨ}	Liǎnshū	Facebook
03	歐_ㄡ盟_{ㄇㄥˊ}	Ōuméng	European Union
04	歐_ㄡ洲_{ㄓㄡ}議_{ㄧˋ}會_{ㄏㄨㄟˋ}	Ōuzhōu yìhuì	European Parliament
05	歐_ㄡ洲_{ㄓㄡ}理_{ㄌㄧˇ}事_{ㄕˋ}會_{ㄏㄨㄟˋ}	Ōuzhōu lǐshìhuì	Council of Europe
06	弗_{ㄈㄨˊ}易_{ㄧˋ}斯_ㄙ特_{ㄊㄜˋ}	Fúyìsītè	Franck Riester 人名
07	歐_ㄡ盟_{ㄇㄥˊ}執_{ㄓˊ}委_{ㄨㄟˇ}會_{ㄏㄨㄟˋ}	Ōuméng zhíwěihuì	European Commission

1 就…V

政府就目前的失業問題著手研擬處理方案。

今天的會議將就著作權改革法案進行表決。

2 負起…的責任

他為了負起養家的責任，而放棄繼續念書的機會。

他父親過世後，他就負起管理公司的責任。

3 …尚待…，若…將…

油價調整方案尚待呈報經濟部，若通過將可定案。

學校明天是否停課尚待政府公布，若颱風轉為強颱將不排除有停課的可能。

4 最為 (wéi) …

中美貿易戰以科技產業所受的影響最為嚴重。

媽祖遶境是台灣一年中最為熱鬧的宗教活動。

5 V1…以 V2…

政府決定繼續凍漲油價，以穩定物價。

在新地島，因北極熊入侵民宅，許多幼稚園加裝圍牆以確保小朋友的安全。

課文理解與討論 ▸▸

❶ 歐洲議會通過什麼法案？有什麼影響？

❷ 為什麼有人批評此項改革法案？

❸ 新著作權法的重點是什麼？（請詳細說明）

❹ 這項法案是什麼時候開始推行修法的？為什麼有人反對？

❺ 歐洲議會表決通過這項法案，這項法案就生效了嗎？

❻ 為什麼谷歌強烈批評此法案？

❼ 法國對這項法案的看法如何？

❽ 歐盟執委會主席的發言人認為此項措施有何意義？

❾ 你是否支持這項法案？為什麼？

❶ 分組閱讀下面文章後討論：

歐洲議會 12 日通過極具爭議的著作權法修正案，爭議性最高者分別為第 11 和第 13 條。

第 11 條：Link Tax

出版商／新聞業者得因網路平台以超連結方式分享其著作而請求支付使用費用。

第 13 條：upload filters

要求網路平台需建構自動審查機制，以避免著作被未經合法授權者上傳到該平台。

討論：

你想這兩條法案為什麼會引起爭議？你同意這項修正嗎？

❷ 辯論：

臉書、YouTube 上的影片是否應該受新著作權法保護，不得在網路上分享。

臉書密碼外洩

LESSON.12

臉書沒保密　6億用戶密碼恐外洩

課前閱讀

請看新聞標題，再回答以下問題：

❶ 臉書有什麼問題？

❷ 你認為密碼外洩有什麼影響？

臉書沒保密　6億用戶密碼恐外洩

【編輯黃秀媛、記者張筠／綜合報導】遭到資安研究人員揭發後，臉書21日承認多年來違反基本的電腦安全措施，把數以百萬計用戶的密碼用普通文字儲存在其內部伺服器，使臉書員工能清楚看到這些密碼；不過，臉書強調，外人沒有公司內部伺服器的訪問權限，因此沒有跡象顯示有人濫用或不當接觸這些資料。

率先公開這種缺失的安全研究員克瑞柏斯（Brian Krebs）說，檔案顯示有些用普通文字儲存密碼的做法2012年就已存在。

他在網路安全部落格KrebsOnSecurity一篇文章表示，臉書大約六億個用戶密碼有外洩風險。

臉書內部人士向柯博茲說，大約有2000名工程師或研發人員對用戶密碼進行近900萬次的內部查詢；臉書軟體工程師瑞恩福（Scott Renfro）表示，臉書尚未計畫公開可取得用戶密碼的員工數量，但將提醒受影響的用戶，不過，用戶無需重設密碼。

臉書表示，今年1月進行例行的安全審查時發現問題；「到目前為止並未發現任何員工故意搜索用戶密碼，也沒有濫用數據的現象」。瑞恩福說，用戶密碼都是被無意記錄的，並不存在任何風險。

臉書一直堅持它以負責態度，嚴密保守全球22億用戶的私人資料，但此事件又暴露臉書的基本安全作業另一個嚴重疏失。

臉書宣稱它已解決問題，並將通知受影響的幾億個臉書輕量版（Facebook Lite）用戶、幾千萬個一般臉書用戶，以及幾萬個Instagram用戶。

臉書輕量版2015年推出，2012年購併Instagram。

臉書上周才大肆宣揚致力於維護隱私的新版本，為群組交流加密，讓臉書和其他外人都無法窺探；但是，臉書連把密碼加密這種最簡單的安全措施都做不到，令人懷疑它對管理更複雜的訊息加密等問題的能力。

（取自 2019/3/22 聯合晚報）

01 密ㄇㄧˋ碼ㄇㄚˇ   mìmǎ   code

02 外ㄨㄞˋ洩ㄒㄧㄝˋ   wàixiè   to leak out
不該讓別人知道的資訊或不可流出的東西，流出去

為了避免資料外洩，公司內不准使用智慧型手機。

03 保ㄅㄠˇ密ㄇㄧˋ   bǎomì   to keep confidential

所有重要的資料都應該保密，不得存在公用電腦裡。

04 用ㄩㄥˋ戶ㄏㄨˋ   yònghù   user
使用該產品的顧客

05 遭ㄗㄠ到ㄉㄠˋ   zāodào   to encounter (unpleasant incidents)
碰到（不好的事）

政府通過增稅法案，立刻遭到強烈的抨擊。

06 資ㄗ安ㄢ   zīān   information security
資訊安全

07 揭ㄐㄧㄝ發ㄈㄚ   jiēfā   to disclose (a misdeed)
把不好的事情公開出來，讓大家知道

那家媒體因為報導假新聞被揭發後，再也沒有人相信他們的報導了。

08 承ㄔㄥˊ認ㄖㄣˋ   chéngrèn   to admit

他被警察攔查時，一直不肯承認喝了酒。

09 文ㄨㄣˊ字ㄗˋ   wénzì   text

10 儲ㄔㄨˊ存ㄘㄨㄣˊ   chúcún   to save; to store up
存（資料、食物、錢）

現在很多人都把資料儲存在雲端資料庫裡。

11 內ㄋㄟˋ部ㄅㄨˋ   nèibù   internal

這個消息一定是公司內部人員揭發的，公司以外的人怎麼會知道？

12 伺ㄙˋ服ㄈㄨˊ器ㄑㄧˋ   sìfúqì   server

13 訪ㄈㄤˇ問ㄨㄣˋ   fǎngwèn   to visit; to interview

總統將於下月訪問鄰近國家。

14 權ㄑㄩㄢˊ限ㄒㄧㄢˋ   quánxiàn   right; authority

只有本人才有權限存取此份資料。

⑮ 跡象 ㄐㄧ ㄒㄧㄤ jīxiàng　indication; sign
可提供尋找、查的現象

此地並無任何跡象顯示北極熊曾經出沒。

今天完全沒有颱風快要來的跡象，氣象局的預報一點都不準。

⑯ 顯示 ㄒㄧㄢ ㄕ xiǎnshì　to indicate
明顯地表示

這麼多民眾參加遊行，顯示對此政策不滿的人很多。

⑰ 濫用 ㄌㄢ ㄩㄥ lànyòng　to abuse
過分使用

由於現代人濫用資源，產生了大量垃圾，破壞了環境。

⑱ 不當 ㄅㄨ ㄉㄤ búdàng　inappropriate
不合適

該公司由於管理不當，造成嚴重損失。

⑲ 率先 ㄕㄨㄞ ㄒㄧㄢ shuàixiān　take the lead in...
比他人先做某事

台北市率先推行垃圾收費的政策。

⑳ 公開 ㄍㄨㄥ ㄎㄞ gōngkāi　to disclose
讓大家知道事情的內容

這件事情尚未調查清楚，暫不公開相關資料。

㉑ 缺失 ㄑㄩㄝ ㄕ quēshī　deficiency

這個產品的設計仍有一些缺失，尚待改進。

㉒ 檔案 ㄉㄤ ㄢ dǎng'àn　file

老師將所有教學檔案都儲存在學校的電腦裡了。

㉓ 存在 ㄘㄨㄣ ㄗㄞ cúnzài　to exist

人口問題是世界各國普遍存在的一個社會問題。

㉔ 部落格 ㄅㄨ ㄌㄨㄛ ㄍㄜ bùluògé　blog; weblog

他建立了自己的部落格，發布了許多他出國旅行的文章。

㉕ 篇 ㄆㄧㄢ piān　unit word for the number of written articles
文章的量詞

㉖ 工程師　gōngchéngshī　engineer

㉗ 研發　yánfā　research and development; R&D
研究發展

他們公司研發的新產品，很受消費者的歡迎。

㉘ 進行　jìnxíng　to proceed with...
正在做一項工作、活動

政府將進行制度改革的工作，一定會碰到很多人反對。

㉙ 軟體　ruǎntǐ　software

㉚ 無需　wúxū　need not...
書 不需要

臉書表示這次密碼外洩的事，用戶無需擔心，沒有資安的問題。

㉛ 重設　chóngshè　to reset

如果有人用了你的電腦，你最好重設密碼。

㉜ 例行　lìxíng　routine
按照平常一向會做的事做

你沒有生病，醫生要你做的只是一個例行的檢查，不要緊張。

㉝ 審查　shěnchá　review; examination

所有新生的入學申請資料，都要經過學校審查。

㉞ 故意　gùyì　intentionally; on purpose

這篇文章真的有一些問題，他不是故意找麻煩。

㉟ 搜索　sōusuǒ　to search for
到各處找

現代人可以利用網路搜索任何資料。

㊱ 數據　shùjù　digital data

你沒有確實的數據顯示這個產品有缺失。

㊲ 無意　wúyì　unintentionally
不是故意的

他無意中外洩了公司的資料，沒想到造成公司嚴重的損失。

38 記ㄐㄧˋ錄ㄌㄨˋ   jìlù   to record (v.) 記錄
record (n.) 紀錄
紀錄（根據法律統一用字表規定，動詞為記錄，名詞為紀錄）

39 堅ㄐㄧㄢ持ㄔˊ   jiānchí   to persist in; to insist on

他不管別人的反對，堅持要做下去，一定不放棄。

40 負ㄈㄨˋ責ㄗㄜˊ   fùzé   responsible
負擔責任

這個創造新產品的工作應該由研發單位負責。

41 嚴ㄧㄢˊ密ㄇㄧˋ   yánmì   tightly; strictly

該國嚴密控制網路，禁止隨便上網搜索資料。

42 保ㄅㄠˇ守ㄕㄡˇ   bǎoshǒu   to keep (secret)

你放心，我一定會幫你保守個人資料，不會外洩的。

43 私ㄙ人ㄖㄣˊ   sīrén   private; personal
個人的，不是公開的

這是他私人的信件，你最好交給他本人。

44 事ㄕˋ件ㄐㄧㄢˋ   shìjiàn   incident
歷史上或社會上發生的大事

這次瓦斯外洩的事件，造成三個年輕的學生死了。

45 暴ㄆㄨˋ露ㄌㄨˋ   pùlù   to expose; to reveal

國家重要的資料外洩，暴露出保密工作做得不夠嚴密。

46 疏ㄕㄨ失ㄕ   shūshī   fault; error
不小心犯的錯

這次車禍是司機的疏失所造成的。

47 宣ㄒㄩㄢ稱ㄔㄥ   xuānchēng   to assert; to declare

候選人宣稱一定會在一年內改善本地的空氣品質。

48 購ㄍㄡˋ併ㄅㄧㄥ   gòubìng   merger and acquisition

現在大企業為了擴大經營而購併其他企業的情形很普遍。

49 大肆 ㄉㄚˋ ㄙˋ　　dàsì　　vigorously; with no restranit
不受限制盡量地

投資者在黃金價格低檔的時候，大肆購買黃金。

50 宣揚 ㄒㄩㄢ ㄧㄤˊ　　xuānyáng　　to propagate
宣傳、推銷

選戰期間，他到各地宣揚他的政治意見。

51 致力於 ㄓˋ ㄌㄧˋ ㄩˊ　　zhìlìyú　　to devote oneself to

他一生致力於環境保護的工作。

52 維護 ㄨㄟˊ ㄏㄨˋ　　wéihù　　to maintain (safety)
維持、保護

為了維護交通安全，政府規定騎摩托車一定要戴安全帽。

53 隱私 ㄧㄣˇ ㄙ　　yǐnsī　　privacy
私人的事

為了維護病人的隱私，醫院不能公開病人的病情。

54 版本 ㄅㄢˇ ㄅㄣˇ　　bǎnběn　　edition

這本書有不同語言的翻譯版本。

55 群組 ㄑㄩㄣˊ ㄗㄨˇ　　qúnzǔ　　group

歡迎你加入我們建立的漢字學習群組。

56 加密 ㄐㄧㄚ ㄇㄧˋ　　jiāmì　　to encrypt

為了維護隱私，他把所有資料都加密保護。

57 窺探 ㄎㄨㄟ ㄊㄢˋ　　kuītàn　　to peep
偷偷打聽

喜歡窺探別人的隱私，這也是一種心理上的病。

58 懷疑 ㄏㄨㄞˊ ㄧˊ　　huáiyí　　to doubt; to suspect
不相信

很多人懷疑這個版本不是作者本人所寫的。

01	克瑞伯斯	Kèruìbósī	Brian Krebs 人名
02	柯博茲	Kēbózī	Brian Krebs 就是克瑞伯斯，不同譯音
03	瑞恩福	Ruìēnfú	Scott Renfro 人名
04	臉書輕量版	Liǎnshū Qīngliàngbǎn	Facebook Lite
05	Instagram		Instagram

句型　*Sentence Pattern*

1 遭到…後

市長遭到媒體抨擊後，立刻出來說明。

新地島民宅遭到北極熊入侵後，當地立刻進入緊急狀態。

2 尚未…，但將…

這項新法案尚未通過，暫以舊法為準，但將在近期內盡快表決通過。

台北市政府目前尚未公布停班停課消息，但將於今晚 10:00 前發布。

3 到…為止，並未…

到去年年底為止，並未發現任何跡象顯示該公司會倒閉。

中美兩國的會談，到目前為止，並未有任何進一步發展。

4 致力於…

李老師近年來致力於研究語言教育。

新北市政府觀光局最近致力於發展平溪地區的觀光產業。

課文理解與討論 ▶▶

❶ 臉書是怎麼違反了基本電腦安全措施？

❷ 這個錯誤有什麼影響？臉書認為嚴重嗎？

❸ 是誰公開這個缺失？什麼缺失？這個問題存在多久了？

❹ 這個缺失會帶來什麼問題？

❺ 臉書會做什麼？用戶需要採取什麼措施嗎？

❻ 臉書工程師瑞恩福為什麼認為沒有風險？

❼ 臉書是否已解決了這個問題？還會採取什麼措施？

❽ 根據本文，你想受影響的用戶是哪些用戶？

❾ 臉書宣稱為用戶提供了什麼安全措施？作者為什麼不相信？

❿ 你相信臉書這樣的社群網站會確實保護個人隱私嗎？為什麼？

⓫ 即使個人隱私有可能外洩，你還會使用網路購買東西或是上社群網站嗎？為什麼？

❶ 請上網查詢一般密碼儲存的方式有哪些？哪一種比較安全？

❷ 請分組討論，你認為可以用什麼方法加強保護網站用戶的個人隱私？

附錄：兩篇主新聞內容的簡體字版 ▸▸

第十一课 欧盟祭出新著作权法
谷歌、脸书头痛

　　欧洲议会通过一项著作权改革法案，为作家和艺术家提供更多的创作权和收入保障，但有批评者认为，此一措施恐对美国科技巨擘造成深远影响。

　　欧洲议会 26 日表决新著作权法，以 348 票同意、274 反对通过，另有 36 人弃权。新著作权法重点在于迫使谷歌、YouTube 和脸书等网路领导企业必须就刊登内容取得版权证明，并负起违反著作权法规定内容的下架责任。

　　该项修法于 2016 年就开始推行，点燃脸书、谷歌及艺人与媒体业者等正反阵营的激战。部分人士批评，此举扼杀网路自由和创造力。法案目前尚待欧洲理事会批准，若顺利通过将于 2021 年正式生效。

　　谷歌尤其对修法抨击最为强烈，因为新法威胁其 YouTube 的影片分享服务与谷歌新闻平台的商业模式。

　　法国长期以来支持翻新著作权法，以保护欧洲艺术产业。法国文化部长弗易斯特（Franck Riester）说，这是艺术家、记者、欧洲企业和公民的重要胜利。他说，「欧洲全面且坚定地参与数位革命，同时保留其文化主权」。

　　欧盟执委会主席容克的发言人指出，该措施为欧盟试图收回数位领域控制权的一部分。

第十二课 脸书没保密
6 亿用户密码恐外泄

　　遭到资安研究人员揭发后，脸书 21 日承认多年来违反基本的电脑安全措施，把数以百万计用户的密码用普通文字储存在其内部伺服器，使脸书员工能清楚看到这些密码；不过，脸书强调，外人没有公司内部伺服器的访问权限，因此没有迹象显示有人滥用或不当接触这些资料。

率先公开这种缺失的安全研究员克瑞柏斯（Brian Krebs）说，档案显示有些用普通文字储存密码的做法 2012 年就已存在。

他在网路安全部落格 KrebsOnSecurity 一篇文章表示，脸书大约六亿个用户密码有外泄风险。

脸书内部人士向柯博兹说，大约有 2000 名工程师或研发人员对用户密码进行近 900 万次的内部查询；脸书软体工程师瑞恩福（Scott Renfro）表示，脸书尚未计画公开可取得用户密码的员工数量，但将提醒受影响的用户，不过，用户无需重设密码。

脸书表示，今年 1 月进行例行的安全审查时发现问题；「到目前为止并未发现任何员工故意搜索用户密码，也没有滥用数据的现象」。瑞恩福说，用户密码都是被无意记录的，并不存在任何风险。

脸书一直坚持它以负责态度，严密保守全球 22 亿用户的私人资料，但此事件又暴露脸书的基本安全作业另一个严重疏失。

脸书宣称它已解决问题，并将通知受影响的几亿个脸书轻量版（Facebook Lite）用户、几千万个一般脸书用户，以及几万个 Instagram 用户。

脸书轻量版 2015 年推出，2012 年购并 Instagram。

脸书上周才大肆宣扬致力于维护隐私的新版本，为群组交流加密，让脸书和其他外人都无法窥探；但是，脸书连把密码加密这种最简单的安全措施都做不到，令人怀疑它对管理更复杂的讯息加密等问题的能力。

疾病防治

學習目標

1 能學會傳染性疾病相關詞彙
2 能說明疾病的傳染途徑
3 能說明疾病的預防方法
4 能說明傳染病對人類健康的影響

第十三課：流感疫情
第十四課：麻疹爆發

流感疫情

H1N1 來勢洶洶

流感暴增 49 例重症
中壯年當心

課前閱讀

請看新聞標題，再回答以下問題：

❶ 「流感」是指什麼？

❷ 「來勢洶洶」的意思是什麼？

❸ 哪些人特別需要注意？

H1N1 來勢洶洶 流感暴增 49 例重症 中壯年當心

鄭郁蓁／台北報導

流感疫情持續升溫，疾管署統計，國內上周暴增 49 例流感併發重症，創下本季自去年 10 月以來單周新增病例最高紀錄，特別是過去被認為健康無虞的 50 歲到 64 歲的中壯年都成為被病毒侵襲大宗，且流行病毒正式轉為 3 年前引發流感大流行的 H1N1 病毒，當年導致葉克膜都不夠用，中壯年中鏢後變成重症死亡率高達 8％，目前還有 9.2 萬劑公費流感疫苗，呼籲民眾快施打流感疫苗。

日本、韓國、香港已陸續進入流感高峰期，香港的病房更因流感併發重症患者增加已被塞爆。疾管署統計，國內流感疫情上周因流感門急診就診人次達到 8 萬 8 千多人次，已超過 7.5 萬例的流行閾值，且春節還會持續升高。

疾管署防疫醫師林詠青說，上周（1 月 6 日至 1 月 12 日）共新增 49 例流感併發重症病例，其中 71.4% 確診為 H1N1、24.5% 為 H3N3。最年輕個案則有 2 名 1 歲嬰兒與 1 位 2 歲嬰兒，這 3 名嬰幼兒都沒有明顯病史。

疾管署副署長羅一鈞指出，近 4 周來社區流感病毒為 H3N2 及 H1N1 共同流行，但上周開始 H1N1 正式超越 H3N2。H1N1 在 3 年前曾在國內引起大規模流行並大舉侵襲 50 到 64 歲中壯年，因家屬多不願放棄急救，當年塞爆急診與重症病房，葉克膜不敷使用。

H1N1 除了幼兒跟老人是高風險群，特別中壯年也有高侵襲率與高致病率，當年統計得到重症的中壯年死亡率可達 8％，當時也因此修改疫苗接種規定，將 50 到 64 歲族群納入疫苗接種族群。

羅一鈞說，流感會引起體內大量免疫反應，導致破壞體內器官，因此會引起重症。

（取自 2019/1/16 中國時報）

01 疾ㄐㄧˊ病ㄅㄧㄥˋ　　jíbìng　　disease
病

戰爭和疾病使人口減少。

02 防ㄈㄤˊ治ㄓˋ　　fángzhì　　prevention and cure
預防與醫治

化學農藥可以防治病蟲害 (bìngchónghài, plant disease and pest)。

03 流ㄌㄧㄡˊ感ㄍㄢˇ　　liúgǎn　　flu; influenza
流行性感冒，可分 A 型、B 型、C 型等

04 疫ㄧˋ情ㄑㄧㄥˊ　　yìqíng　　epidemic
疾病、瘟疫的情況

這波流感疫情嚴重，政府規定中小學停課一周。

05 H1N1　　Influenza A virus subtype H1N1
A 型流感病毒

06 來ㄌㄞˊ勢ㄕˋ洶ㄒㄩㄥ洶ㄒㄩㄥ　　láishì xiōngxiōng　　to come like roaring waves
情況發生時快速、嚴重

這次的強烈颱風來勢洶洶，氣象局提醒大家做好準備。

07 暴ㄅㄠˋ增ㄗㄥ　　bàozēng　　to increase drastically
突然大量增加

近年來，因酒駕而致死的情況暴增。

08 例ㄌㄧˋ　　lì　　case (unit word for patients)
量詞，多用在病人數量

醫院昨日又發現了三例得到流感的病人。

09 重ㄓㄨㄥˋ症ㄓㄥˋ　　zhòngzhèng　　serious disease
嚴重的病症

即使目前醫療相當進步，還是有很多重症是無法醫治的。

10 中ㄓㄨㄥ壯ㄓㄨㄤˋ年ㄋㄧㄢˊ　　zhōngzhuàngnián　　middle age
中年及壯年。無嚴格區分，大約 40-59 歲之間。

人到了中壯年，心情與想法都有很大的改變。

11 當ㄉㄤ心ㄒㄧㄣ　　dāngxīn　　to watch out
小心

外面風大雨大，出門要當心些。

12 升ㄕㄥ溫ㄨㄣ　　shēngwēn　　to warm up
原指溫度升高，現也可指情況逐漸變化，變嚴重、變複雜、或變多了

距離總統選舉投票日僅剩下一個月，選戰逐漸升溫。

⑬ 併ㄅㄧㄥˋ發ㄈㄚ　bìngfā　to complicate with concurrent conditions
得了一種病後，又引起了另一種病

流感很容易併發肺炎 (fèiyán, pneumonia)，要當心。

⑭ 單ㄉㄢ　dān　just a single...
一（個）～，如：單週（一週）；單月（一個月）

⑮ 病ㄅㄧㄥˋ例ㄌㄧˋ　bìnglì　case of illness
得病案例／病人

夏天得到流感的病例不多，這個病人可能只是個案。

⑯ 無ㄨˊ虞ㄩˊ　wúyú　free from worry of...
沒有問題、不必擔心。多為「～～無虞」，如：安全無虞、衣食無虞

父母努力工作賺錢，就是希望提供孩子衣食無虞的生活。

⑰ 病ㄅㄧㄥˋ毒ㄉㄨˊ　bìngdú　virus

流感病毒會產生變化，所以常出現不同的流感症狀 (zhèngzhuàng, symptom)。

⑱ 侵ㄑㄧㄣ襲ㄒㄧˊ　qīnxí　to hit; to strike
入侵、襲擊

東部地區一連遭受兩個颱風侵襲，損失慘重。

⑲ 大ㄉㄚˋ宗ㄗㄨㄥ　dàzōng　bulk; large quantity
大批、多數

本地農產品以米、蔬菜為大宗。

⑳ 引ㄧㄣˇ發ㄈㄚ　yǐnfā　to cause; to trigger off
引起、造成

若是睡眠 (shuìmián, sleep) 品質不好，就容易引發頭痛。

㉑ 中ㄓㄨㄥˋ鏢ㄅㄧㄠ　zhòngbiāo　to be hit by a dart; to get infected
本意是「被鏢射中」，後有「得病」的意思

雖然政府努力預防 (to prevent) 流感，但中鏢人數仍不斷增加。

㉒ 死ㄙˇ亡ㄨㄤˊ率ㄌㄩˋ　sǐwánglù　death rate; mortality rate
死亡的比率

酒駕事件中，受害者的死亡率有增加的趨勢。

㉓ 劑ㄐㄧˋ　jì　dose (unit word for medicine)
量詞，用在調好的藥及疫苗

㉔ 公ㄍㄨㄥ費ㄈㄟˋ　gōngfèi　government funding
政府出錢

王先生是靠政府公費才能出國留學的。

㉕ 疫⁻苗ㄇㄠˊ　　yìmiáo　　vaccine

㉖ 施ㄕ打ㄉㄚˇ　　shīdǎ　　to take injection
打（針）

嬰兒出生後都要施打好多劑的疫苗，避免得到疾病。

㉗ 陸ㄌㄨˋ續ㄒㄩˋ　　lùxù　　one after another; subsequently
一個接一個、連續

民眾看著寫上自己心願的天燈陸續地飛升上天空。

㉘ 高ㄍㄠ峰ㄈㄥ期ㄑㄧˊ　　gāofēngqí　　peak period
（某情況）最多的時期

夏天是用電的高峰期，政府以較高電價來提醒民眾省電。

㉙ 病ㄅㄧㄥˋ房ㄈㄤˊ　　bìngfáng　　ward
醫院裡病人住的房間

爺爺要住單人病房，他說這樣才能好好休息。

㉚ 患ㄏㄨㄢˋ者ㄓㄜˇ　　huànzhě　　patient
病人

受到這波病毒侵襲的患者，都未施打疫苗。

㉛ 塞ㄙㄞ爆ㄅㄠˋ　　sāibào　　to be jam-packed
擠到爆炸的程度，多得不得了

想看足球賽的觀眾塞爆了運動場。

㉜ 門ㄇㄣˊ診ㄓㄣˇ　　ménzhěn　　outpatient
醫生在醫院或是診所給病人看病

㉝ 就ㄐㄧㄡˋ診ㄓㄣˇ　　jiùzhěn　　to receive medical treatment
到門診看醫生

你找到想看的醫生，掛好號後，在他的門診時間去醫院就診。

㉞ 人ㄖㄣˊ次ㄘˋ　　réncì　　number of people (including repeated counts)
人的次數

去醫院就診的人次比實際病人的人數要多一點。

㉟ 閾ㄩˋ值ㄓˊ　　yùzhí　　threshold value
臨界值（閾值又叫臨界值，是指一個效應能夠產生的最低值或最高值）

7.5 萬人得到流感就是流感大流行了，7.5 萬人是最低值，也就是閾值。

㊱ 防ㄈㄤˊ疫⁻　　fángyì　　epidemic prevention
防止疫病

夏天到了，很多蚊蟲會侵襲民眾，防疫工作特別重要。

生詞 New Word

㊲ 確ㄑㄩㄝˋ診ㄓㄣˇ　quèzhěn　diagnosis confirmed　確定得到某個病

他的病還沒確診，不要隨便說。

㊳ 個ㄍㄜˋ案ㄢˋ　gè'àn　case　一個案例

人能一夜致富往往只是個案，不是大部分的人能做到的。

㊴ 幼ㄧㄡˋ兒ㄦˊ　yòu'ér　young child　一般說 3 歲前的孩子

嬰兒、幼兒都需要大人小心的照顧。

㊵ 病ㄅㄧㄥˋ史ㄕˇ　bìngshǐ　medical history　生病的歷史（紀錄）

㊶ 社ㄕㄜˋ區ㄑㄩ　shèqū　community　民眾居住的住宅範圍

㊷ 超ㄔㄠ越ㄩㄝˋ　chāoyuè　to surpass　超過

近幾年，中國經濟發展的速度超越了很多歐美國家。

㊸ 曾ㄘㄥˊ　céng　once　書「曾經」的縮略

若曾感染過麻疹則可能產生免疫力。

㊹ 規ㄍㄨㄟ模ㄇㄛˊ　guīmó　size; scope　事物的範圍

這次地震的規模很大，造成多人死亡。

㊺ 大ㄉㄚˋ舉ㄐㄩˇ　dàjǔ　in large scale　大規模、大力。後常接雙音節動詞，如：大舉入侵

果蟲大舉侵襲芒果產地，導致農人損失慘重。

㊻ 多ㄉㄨㄛ　duō　mostly, in the majority of cases　書「大多、多半」的縮略

這次的重症患者多為中年男性。

㊼ 急ㄐㄧˊ救ㄐㄧㄡˋ　jíjiù　emergency care; resuscitation　緊急救命

警察到了車禍現場，立刻將受傷者送醫急救。

㊽ 不ㄅㄨˋ敷ㄈㄨ 使ㄕˇ用ㄩㄥˋ　bùfū shǐyòng　to be insufficient in number
不夠用

參加活動的人太多，洗手間不敷使用。

㊾ 高ㄍㄠ 風ㄈㄥ 險ㄒㄧㄢˇ群ㄑㄩㄣˊ　gāo fēngxiǎn qún　(people) of high risks
風險很高的一群人

網路密碼太簡單的人是被駭客入侵的高風險群。

㊿ 致ㄓˋ病ㄅㄧㄥˋ　zhìbìng　lead to disease
導致生病

菜吃得太鹹、太油會致病，每個人都得當心。

51 接ㄐㄧㄝ 種ㄓㄨㄥˋ　jiēzhòng　to take (vaccination)
施打（疫苗）

前往有瘧疾 (nüèjí, malaria) 的國家，需要接種疫苗。

52 族ㄗㄨˊ群ㄑㄩㄣˊ　zúqún　group; ethnic group
相同性質的群體

台灣雖小，卻有好幾個不同的族群。

53 免ㄇㄧㄢˇ疫ㄧˋ　miǎnyì　immunity
避免生病

多曬太陽、多吃健康食物，可以增強免疫力。

54 反ㄈㄢˇ應ㄧㄥˋ　fǎnyìng　response
由刺激引起的活動

運動員需要頭腦好，反應快。

55 破ㄆㄛˋ壞ㄏㄨㄞˋ　pòhuài　to damage
弄壞

人類大量獵食動物，破壞了動物界的生態。

56 器ㄑㄧˋ官ㄍㄨㄢ　qìguān　organ
身體內的心臟、胃等都是器官

有人死後把器官捐給別人，可以幫助他們活下來。

①	疾ㄐㄧˊ管ㄍㄨㄢˇ署ㄕㄨˇ	Jíguǎnshǔ	Center for Disease Control 政府單位名稱。全名為：衛生福利部疾病管制署
②	副ㄈㄨˋ署ㄕㄨˇ長ㄓㄤˇ	fù shǔzhǎng	Deputy Director 職位名稱
③	葉ㄧㄝˋ克ㄎㄜˋ膜ㄇㄛˊ	Yèkèmó	ECMO (extra-corporeal membrane oxygenation) 一種醫療急救設備

句型 *Sentence Pattern*

1 自…以來

自 20 世紀末以來，科技進步大幅提高了生活的便利性。

自嚴懲酒駕以來，有效遏止了酒駕肇事的人數。

2 …無虞

高風險群必須戴口罩，才能使身邊的人安全無虞。

他夢想有一天中了彩券就生活無虞了。

課文理解與討論 ▸▸

❶ 根據疾管署的統計，上周流感增加的人數創下什麼紀錄？

❷ 哪個族群最容易受流感侵襲？

❸ 這次流感病毒有何轉變？

❹ 中壯年得到流感後的死亡率是多少？

❺ 為了避免得到流感，疾管署呼籲民眾怎麼做？

❻ 日本、韓國、香港的流感情況如何？

❼ 根據統計，上周多少台灣人因為流感就診？會持續增加嗎？

❽ 經過確診的流感有哪兩種？哪種比例高？

❾ 3 年前 H1N1 大流行時，為何葉克膜不敷使用？

❿ 得到 H1N1 的高風險群是哪些人？

⓫ 為了降低中壯年得到流感時的死亡率，政府做了什麼？

⓬ 人們得到流感後為何會變成重症？

⓭ 貴國也有流感疫情嗎？死亡率高嗎？

❶ 請看看，「流感」跟「感冒」有何差別？

❷ 說說自己得到感冒或流感以前，是什麼症狀使你覺得「自己生病了」？

疾病名稱	流感	感冒
病原體	流感病毒	數百種病毒
症狀	流鼻水	流鼻水、打噴嚏、鼻塞
	喉嚨痛、頭痛	喉嚨痛（通常會發癢）
	咳嗽	咳嗽
	突然發燒（通常超過 38°C），持續 3-4 天、發冷	不會發燒或輕微發燒
	中度到重度疲倦和虛弱無力 關節和肌肉痠痛	輕微疲倦
病程	約 2-5 天	約 1-2 週
併發症	產生嚴重併發症的風險較高。如：肺炎、心肌炎	併發症較少見。若有如：中耳炎、鼻竇炎
流行期間	冬季居多	春秋冬季
預防	接種疫苗	注意衛生

參考來源：

❸ 以下為預防流感的重點，說說自己是否做得到。

預防流感的 5 大重點

A.接種疫苗	注射流感疫苗是最有效的預防方式，尤其是免疫力較差的年長者、幼童、慢性病患者等高風險群。
B.勤洗手	減少病毒停留在手上的機會，避免以手觸碰眼、口、鼻，就能降低感染風險。
C.戴口罩	搭乘大眾交通工具或出入人潮較多的場所時，應確實戴上口罩，降低飛沫傳染的機會。
D.良好作息	不熬夜、多運動、均衡飲食，就能強化身體的防禦機制，增強抵抗力。
E.空氣流通	需保持室內空氣流通，降低病毒散佈 (spread) 的機會。

麻疹爆發

LESSON.14

賞櫻注意

德國麻疹疫情日單周破百例

課前閱讀

請看新聞標題,再回答以下問題:

❶「德國麻疹」是德國的病嗎?

❷「日單周破百例」的「單周」是什麼意思?

❸ 這個病一周有多少人得病?

德國麻疹疫情日單周破百例

賞櫻注意

【蔡文英、江慧珺 綜合報導】日本在上月 24 日為止的一周內，出現 109 例新的德國麻疹病例，為今年首見單周患者逾百人，日本國立感染症研究所估今年恐爆發大流行，呼籲民眾注意。日本的麻疹疫情也持續，今年已有 258 人感染。日本櫻花季即將到來，民眾赴日旅遊要提高警覺。

衛福部疾管署昨呼籲，近期菲律賓、越南麻疹疫情嚴峻，且病例多發生在馬尼拉與河內等大都市，日本麻疹疫情也創近 10 年新高，特別是國人旅遊熱愛的大阪病例數最多，南韓也有麻疹疫情，國人出國前可評估接種疫苗防範。

菲國麻疹疫情也告急

日本放送協會（NHK）昨報導，日本國立感染症研究所指出，截至上月 24 日為止一周內，有 109 例新的德國麻疹病例，提醒可能爆發大流行。今年已有 650 人感染。國立感染症研究所推估，今年感染人數有可能像 2013 年大流行時那麼多，當年有 1.4 萬人感染。另截至上月 24 日為止一周內，日本再增 33 起麻疹病例，今年累計 258 人感染。菲律賓今年麻疹疫情也告急。菲國衛生部官員指，截至上月底有 1 萬 4938 人感染，238 人死亡，「病例數還在上升」，死者很多都是沒打疫苗的幼童。

衛福部疾管署昨表示，今年國內累計 27 例麻疹病例，14 例國內感染、13 例境外移入，感染國家為越南 6 例、菲律賓 5 例、印尼及日本各 1 例，病例以 20 到 39 歲年輕族群最多。上述病例相關接觸者仍有 2215 人監測中，須持續監測至本月 22 日。疾管署副署長羅一鈞提醒，疾管署已於國際港埠設置檢疫站，加強入境旅客發燒篩檢措施，也建議家長盡速帶滿 1 歲及滿 5 歲幼童接種公費疫苗防範，未滿 1 歲或未接種疫苗的幼兒，應避免前往麻疹流行地區，也建議 1981 年後出生的成人，可評估自費接種疫苗防範。

麻疹除可經由患者的噴嚏飛沫傳染外，也可能在吸入有麻疹病毒漂浮的空氣而感染。患者感染約 10 天後，會出現發燒、咳嗽等跟感冒類似症狀，之後可能出現 39℃ 以上高燒或出疹。

德國麻疹經由打噴嚏的飛沫傳染，患者感染後約 2-3 周會出現發燒、出疹和淋巴節腫大等症狀。懷孕初期女性感染的話，腹中胎兒有聽力障礙、白內障和心臟病等疾病的可能性很高。

（取自 2019/3/6 台灣蘋果日報）

01 德ㄉㄜˊ國ㄍㄨㄛˊ麻ㄇㄚˊ疹ㄓㄣˇ　Déguó mázhěn　Rubella
病名

02 爆ㄅㄠˋ發ㄈㄚ　bàofā　to make...triggered off
突然發生

人民不滿政府修改選舉的法律，爆發了嚴重的抗議。

03 破ㄆㄛˋ　pò　to break
書「打破」的縮略。打破（紀錄、界限）。

今年夏天平均氣溫破39度，已超越過去20年的紀錄。

04 首ㄕㄡˇ見ㄐㄧㄢˋ　shǒujiàn　to happen for the first time
第一次見到

動物園最近休息10天，是動物園開園33年以來首見。

05 逾ㄩˊ　yú　to exceed, to be over...
書超過

每年到台灣的觀光客逾六百萬人。

06 感ㄍㄢˇ染ㄖㄢˇ　gǎnrǎn　to get infected by...
得到（病）、感受（氣氛）

嬰幼兒容易感染疾病，應該少去人多的地方。

07 即ㄐㄧˊ將ㄐㄧㄤ　jíjiāng　to be about to...
書就要

酒駕將以殺人罪判處的法律即將施行。

08 赴ㄈㄨˋ　fù　to go to (a place)
書去

總統即將赴美訪問，此趟赴美行程 (xíngchéng, program) 將由美方安排。

09 警ㄐㄧㄥˇ覺ㄐㄩㄝˊ　jǐngjué　alertness
對不安全或環境情況很注意

夜晚一個人走在路上要提高警覺，當心壞人。

10 嚴ㄧㄢˊ峻ㄐㄩㄣˋ　yánjùn　extremely serious
非常嚴重、極困難

企業家表示未來一年的經濟發展將面臨嚴峻的挑戰。

11 都ㄉㄨ市ㄕˋ　dūshì　city
城市

12 創ㄔㄨㄤˋ新ㄒㄧㄣ高ㄍㄠ　chuàngxīngāo　to reach an unprecedented high
創下新的高點或紀錄

根據統計，今年上半年的失業率已創近五年新高。

⑬ 熱愛 rè'ài
to love...very much
非常喜愛

小陳熱愛蜂炮在身旁炸裂的刺激感，年年都去參加。

⑭ 告急 gàojí
to be in critical condition
情況緊急

候選人在選舉日前都會說自己「選情告急」，希望選民投自己一票。

⑮ 截至 jiézhì
up to...
到（時間）止

截至今日為止，報名參加游泳比賽的學生逾百人。

⑯ 推估 tuīgū
to estimate
估計

那家企業推估該公司的新型手機銷售量可達一千萬支。

⑰ 另 lìng
another, additional
書「另外」的縮略

帳戶加密除可避免資料外洩，另可維護隱私。

⑱ 累計 lěijì
to accumulate to (a number)
累積計算

這場地震累計共五人死亡和三十八人受傷。

⑲ 境外 jìngwài
overseas
國家、地區之外

許多國家都不允許遊客帶水果入境，就是怕境外的病毒移入。

⑳ 上述 shàngshù
the above-mentioned
上面所說的內容

流鼻水、發高燒與咳嗽，上述都是流感主要的症狀。

㉑ 監測 jiāncè
to monitor
監控、檢查

疫情雖已得到控制，仍應對新病例持續監測，以確保控制措施有效。

㉒ 港埠 gǎngbù
port
本指「港口、碼頭」，新聞中也包括「機場」

㉓ 設置 shèzhì
to install
設立

為了改善空氣品質，政府研擬在各地區設置監測機器。

㉔ 檢ㄐㄧㄢˇ疫ㄧˋ站ㄓㄢˋ　　jiǎnyìzhàn　　quarantine station, inspection station
檢查疫病的地方

每個國家都在港埠設置檢疫站，為了防範境外病毒移入。

㉕ 篩ㄕㄞ檢ㄐㄧㄢˇ　　shāijiǎn　　to screen
篩選、檢查

經過病毒篩檢，他已確診得到流感。

㉖ 未ㄨㄟˋ　　wèi　　not yet
書 沒、不

依照法律規定，未滿 18 歲不可以買酒。

㉗ 成ㄔㄥˊ人ㄖㄣˊ　　chéngrén　　adult
18 或 20 歲以上的人（不同國家法律規定不同）

他已經是成人了，當然要負法律責任。

㉘ 自ㄗˋ費ㄈㄟˋ　　zìfèi　　at one's own expense
自己付費

嬰幼兒可以接種公費疫苗，成人則可以自費施打疫苗。

㉙ 經ㄐㄧㄥ由ㄧㄡˊ　　jīngyóu　　through
透過

經由網路，我們可以搜尋到各種資訊。

㉚ （打ㄉㄚˇ）噴ㄆㄣ嚏ㄊㄧˋ　　(dǎ) pēntì　　to sneeze

這裡空氣不乾淨，害我一直打噴嚏。

㉛ 飛ㄈㄟ沫ㄇㄛˋ　　fēimò　　droplet
沫：口水。口、鼻噴出的口水。

很多病是經由飛沫傳染的。

㉜ 傳ㄔㄨㄢˊ染ㄖㄢˇ　　chuánrǎn　　infection
病傳給別人

除了經由飛沫傳染，有的病也會經由食物或接觸傳染給別人。

㉝ 吸ㄒㄧ入ㄖㄨˋ　　xīrù　　to inhale
呼吸進入

發生火災時，人若吸入大量的濃煙會導致死亡。

生詞 New Word

34 漂浮 piāofú
to suspend (in air); to float (on water)
飄在空中或是漂在水上。通「飄浮」

空氣中漂浮著很多我們眼睛看不見的病毒。

35 咳嗽 késòu
to cough

36 類似 lèisì
similar
像、相似

地攤上賣的東西都太類似了，沒什麼特別的。

37 症狀 zhèngzhuàng
symptom
病的情形

咳嗽、喉嚨痛是感冒的症狀。

38 出疹 chūzhěn
to get rash
出了疹子

他因過敏而出疹，全身紅癢。

39 淋巴節
（淋巴結） línbājié
lymph node

40 腫大 zhǒngdà
to be swollen
腫了以後變大

淋巴節有免疫功能，淋巴節腫大可能是身體某處發炎了。

41 懷孕 huáiyùn
pregnant
女性身體內有孩子了

42 腹 fù
belly; peritoneal cavity
肚子

43 胎兒 tāi'ér
fetus
在母親身體內還未出生的孩子

懷孕時要注意飲食，才能讓腹中的胎兒正常長大。

44 白內障 báinèizhàng
cataract
眼睛的病，可能會導致看不見

45 心臟病 xīnzàng bìng
heart disease

白內障、心臟病都是老人較易得到的疾病。

01	國立感染症研究所	Guólì gǎnrǎnzhèng yánjiùsuǒ	National Institute of Infectious Diseases 日本政府機構
02	衛福部	Wèifúbù	Ministry of Health and Welfare 臺灣衛生福利部
03	馬尼拉	Mǎnílā	Manila 菲律賓首都
04	河內	Hénèi	Hanoi 越南的首都
05	大阪	Dàbǎn	Osaka 日本大城市
06	日本放送協會	Rìběn fàngsòng xiéhuì	Japan Broadcasting Corporation 日本的公共媒體，簡稱 NHK
07	印尼	Yìnní	Indonesia 國名

1 截至…為止，…

截至晚間八點為止，強烈颱風康芮持續往西前進。

這個比賽截至六月為止，已有五十多國選手報名了。

2 除…外，也…

除炸雞、漢堡外，中式小吃也陸續漲價了。

除接種疫苗外，注意個人衛生也是避免感染疾病的方法之一。

3 經由…(V)，…

經由專家的說明，我了解了中國傳統建築中的風水文化。

青少年經由生活的磨練，才能成為負責任的成人。

課文理解與討論 ▸▸

❶ 日本在一周內得到德國麻疹的人數有多少？

❷ 最近亞洲哪些國家也出現麻疹病例？嚴重嗎？

❸ 衛福部呼籲想出國旅遊的民眾要怎麼防範感染麻疹？

❹ 日本政府推估，今年感染麻疹的人數可能會有多少？

❺ 菲律賓的麻疹疫情嚴重嗎？目前感染及死亡人數有多少？

❻ 台灣境外移入的麻疹病例，患者是在哪些國家感染的？

❼ 台灣感染麻疹的人以哪個族群最多？

❽ 為什麼台灣有 2215 人未得病卻還持續監測中？

❾ 針對麻疹疫情，疾管署做了哪些防範及建議？

❿ 麻疹是怎麼傳染給別人的？

⓫ 感染麻疹後，多久會出現症狀？會有哪些症狀？

⓬ 若是懷孕女性得到德國麻疹，對胎兒有什麼影響？

⓭ 你們國家有哪些常見的傳染病？

❶ 請依照本單元兩則新聞，標示出台灣鄰近國家出現哪些傳染病。
2019 年底開始的新冠肺炎（Covid-19）對這些國家的影響有多大？
（如：感染人數、死亡人數）

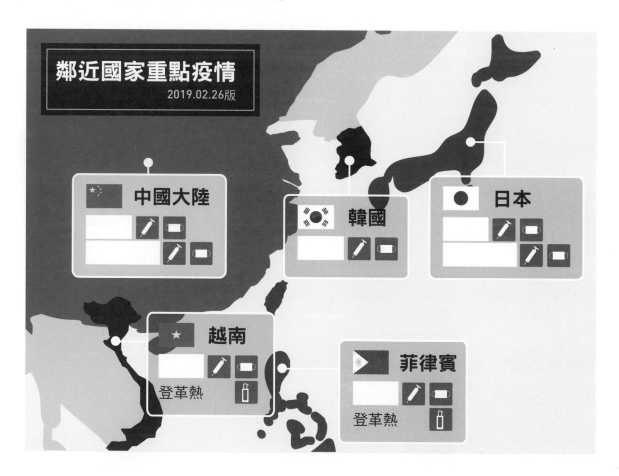

❷ 請看看，「德國麻疹」跟「麻疹」有何差別？

疾病名稱	德國麻疹（Rubella）	麻疹（Measles）
致病原	德國麻疹病毒	麻疹病毒
潛伏期	平均約 14-17 天	7-18 天，通常為 14 天
傳染期	發疹前一周至發疹後至少四天	發疹之前與之後各四天
傳染方式	接觸到感染病人的鼻咽分泌物而傳染，如：經由飛沫或與病人直接接觸	空氣、飛沫傳播，或是直接與病人的鼻腔或咽喉分泌物接觸而感染
臨床症狀	輕微發燒、全身疲倦、頭痛、輕度鼻炎、結膜炎、疹子大約維持三天左右	發高燒、鼻炎、咳嗽、紅疹、結膜炎

來源：

❸ 根據疾管署的公告，如何預防麻疹？出現哪些症狀就要立刻就醫？

TAIWAN CDC 廣告

疾管署即時快訊

預防麻疹最有效的方法
接種MMR疫苗

提醒：避免攜帶未滿1歲及未完成MMR疫苗接種的嬰幼兒前往流行地區，以降低感染風險。

從流行地區返國後如有下列症狀應戴上口罩速就醫，並告知醫師旅遊及接觸史

| 發燒 | 鼻炎 | 結膜炎 | 咳嗽 | 紅疹 |

國內免付費防疫專線1922（或0800-001922）

附錄：兩篇主新聞內容的簡體字版 ▸▸

第十三课 H1N1来势汹汹　流感暴增49例重症　中壮年当心

流感疫情持续升温，疾管署统计，国内上周暴增49例流感并发重症，创下本季自去年10月以来单周新增病例最高纪录，特别是过去被认为健康无虞的50岁到64岁的中壮年都成为被病毒侵袭大宗，且流行病毒正式转为3年前引发流感大流行的H1N1病毒，当年导致叶克膜都不够用，中壮年中镖后变成重症死亡率高达8％，目前还有9.2万剂公费流感疫苗，呼吁民众快施打流感疫苗。

日本、韩国、香港已陆续进入流感高峰期，香港的病房更因流感并发重症患者增加已被塞爆。疾管署统计，国内流感疫情上周因流感门急诊就诊人次达到8万8千多人次，已超过7.5万例的流行阈值，且春节还会持续升高。

疾管署防疫医师林咏青说，上周（1月6日至1月12日）共新增49例流感并发重症病例，其中71.4%确诊为H1N1、24.5%为H3N3。最年轻个案则有2名1岁婴儿与1位2岁婴儿，这3名婴幼儿都没有明显病史。

疾管署副署长罗一钧指出，近4周来社区流感病毒为H3N2及H1N1共同流行，但上周开始H1N1正式超越H3N2。H1N1在3年前曾在国内引起大规模流行并大举侵袭50到64岁中壮年，因家属多不愿放弃急救，当年塞爆急诊与重症病房，叶克膜不敷使用。

H1N1除了幼儿跟老人是高风险群，特别中壮年也有高侵袭率与高致病率，当年统计得到重症的中壮年死亡率可达8％，当时也因此修改疫苗接种规定，将50到64岁族群纳入疫苗接种族群。

罗一钧说，流感会引起体内大量免疫反应，导致破坏体内器官，因此会引起重症。

日本在上月 24 日为止的一周内，出现 109 例新的德国麻疹病例，为今年首见单周患者逾百人，日本国立感染症研究所估今年恐爆发大流行，呼吁民众注意。日本的麻疹疫情也持续，今年已有 258 人感染。日本樱花季即将到来，民众赴日旅游要提高警觉。

卫福部疾管署昨呼吁，近期菲律宾、越南麻疹疫情严峻，且病例多发生在马尼拉与河内等大都市，日本麻疹疫情也创近 10 年新高，特别是国人旅游热爱的大阪病例数最多，南韩也有麻疹疫情，国人出国前可评估接种疫苗防范。

菲国麻疹疫情也告急

日本放送协会（NHK）昨报导，日本国立感染症研究所指出，截至上月 24 日为止一周内，有 109 例新的德国麻疹病例，提醒可能爆发大流行。今年已有 650 人感染。国立感染症研究所推估，今年感染人数有可能像 2013 年大流行时那么多，当年有 1.4 万人感染。另截至上月 24 日为止一周内，日本再增 33 起麻疹病例，今年累计 258 人感染。菲律宾今年麻疹疫情也告急。菲国卫生部官员指，截至上月底有 1 万 4938 人感染，238 人死亡，「病例数还在上升」，死者很多都是没打疫苗的幼童。

卫福部疾管署昨表示，今年国内累计 27 例麻疹病例，14 例国内感染、13 例境外移入，感染国家为越南 6 例、菲律宾 5 例、印尼及日本各 1 例，病例以 20 到 39 岁年轻族群最多。上述病例相关接触者仍有 2215 人监测中，须持续监测至本月 22 日。疾管署副署长罗一钧提醒，疾管署已于国际港埠设置检疫站，加强入境旅客发烧筛检措施，也建议家长尽速带满 1 岁及满 5 岁幼童接种公费疫苗防范，未满 1 岁或未接种疫苗的幼儿，应避免前往麻疹流行地区，也建议 1981 年后出生的成人，可评估自费接种疫苗防范。

麻疹除可经由患者的喷嚏飞沫传染外，也可能在吸入有麻疹病毒漂浮的空气而感染。患者感染约 10 天后，会出现发烧、咳嗽等跟感冒类似症状，之后可能出现 39℃以上高烧或出疹。

德国麻疹经由打喷嚏的飞沫传染，患者感染后约 2-3 周会出现发烧、出疹和淋巴节肿大等症状。怀孕初期女性感染的话，腹中胎儿有听力障碍、白内障和心脏病等疾病的可能性很高。

經濟趨勢

學習目標

1 能閱讀經濟相關新聞

2 能瞭解台灣經濟現況

3 能理解並運用經濟方面詞彙

景氣趨弱

10 月景氣續亮「趨弱」黃藍燈

課前閱讀

請看新聞標題,再回答以下問題:

❶ 從這標題來看,10 月份的經濟情況好嗎?

❷ 你想「黃藍燈」表示經濟情況怎麼樣?

❸ 你想為什麼用燈號來告訴民眾經濟的情形?

10月景氣續亮「趨弱」黃藍燈

【記者張語羚、孫中英／台北報導】

國發會昨天公布十月景氣燈號，連兩月續亮「趨弱」黃藍燈，具預測未來景氣領先指標，及衡量當前景氣的同時指標雙雙下滑。國發會副主委鄭貞茂坦言，景氣擴張動能確實有減弱現象，經濟成長也趨緩。

十月景氣燈號綜合判斷分數為廿二分，連續兩月呈現「趨弱」黃藍燈，九項構成景氣燈號項目中，雖然工業生產指數與批發、零售及餐飲業營業額皆由黃藍燈轉呈「穩定」綠燈，但製造業營業氣候測驗點由黃藍燈下滑至「低迷」藍燈，股價指數也從綠燈跌至黃藍燈，而其餘製造業銷售量指數、貨幣總計數等五項指標則維持「趨弱」黃藍燈。

經濟發展處副處長邱秋瑩指出，領先指標已連續五月下滑，累計跌幅達百分之一點八一；同時指標則連續下滑十一個月，累計跌幅百分之一點七四。

她表示，信心問題及國際油價兩大負面因素影響近期經濟情勢，前陣子美國期中選舉以及台灣九合一選舉前，企業對整體景氣前景的不確定因素提高，態度轉趨觀望，再加上美國貿易戰對企業全球投資的衝擊，這些都是信心層面的問題；國際油價則因近期創新高後又驟跌，大幅波動影響企業下單結構。

此外，國泰金控昨天發布的國民經濟信心調查發現，十一月民眾「景氣現況樂觀指數」受到經濟數據不佳影響，明顯下滑至負四十六點七，創二○一六年三月以來新低；民眾的「就業展望樂觀指數與薪資上漲預期指數」也疲弱，在經濟信心與就業信心陰影持續籠罩下，「大額消費意願指數」連續兩個月降至負五點七，須留意明年景氣動能轉弱的風險。

（取自 2018/11/28 聯合報）

01 趨弱 qūruò — to weaken
慢慢變弱、變小

暴風圈已逐漸離開台灣，風勢、雨勢也將趨弱。

02 續 xù — to continue
書 繼續

03 亮 liàng — to light up

過馬路要等綠燈亮才可以走。

04 燈號 dēnghào — light signal
用來警告或提醒的燈，如紅綠燈

開車時要注意交通燈號，免得被罰。

05 連 lián — consecutively
書 一連

這個星期連下了三天的大雨。

06 具 jù — to possess
有，具備

應徵這個工作，必須具中華民國國籍。

07 領先 lǐngxiān — to lead; to be ahead of
超過其他的（人、國家、球隊…），在他們的前面

這場球賽，目前白隊是以 8 分領先紅隊。

08 衡量 héngliáng — to measure
考慮、比較

你不應該用金錢來衡量一個人的價值。

09 當前 dāngqián — currently; at the moment
目前

當前中美的關係非常緊張。

10 雙雙 shuāngshuāng — both; to occur together
兩個人或兩件事同時（發生）

油價、電價雙雙上漲，難怪人民生活越來越辛苦。

11 下滑 xiàhuá — to slide
下降

因為感情因素造成他成績下滑。

⑫ 主委 zhǔwěi
chairperson
主任委員

⑬ 坦言 tǎnyán
to make a frank statement
誠實地說

該名酒駕者坦言他剛剛確實喝了三瓶啤酒。

⑭ 擴張 kuòzhāng
to expand
（土地、權力）變得比原來大

那家公司因為擴張得太快，導致經營困難而倒閉。

⑮ 動能 dòngnéng
kinetic energy
引發行動的能力

雖然景氣有變好的趨勢，但動能不足，可能無法持續變好。

⑯ 成長 chéngzhǎng
to grow; growth
長大、發展

台灣最近經濟成長的速度趨緩。

⑰ 綜合 zònghé
composite
合在一起

綜合各項因素看來，明年的景氣情況不會好轉。

⑱ 判斷 pànduàn
to measure; measurement
決定人、事物的好壞、對錯

他缺乏足夠的知識，對網路上的訊息很難判斷真假 (false, fake)。

⑲ 分數 fēnshù
score
成績（的數字）

⑳ 連續 liánxù
consecutively
一連、一個接一個

台灣連續兩個月預測未來景氣的領先指標下滑。

㉑ 構成 gòuchéng
to be composed of
由不同部分組織而成

國家是由人民、土地、政府及主權四個重要部分構成的。

㉒ 項目 xiàngmù
item
事物分成的種類

這次會議討論的項目包括環境、教育及社會福利三項。

㉓ 工業 gōngyè
industry

資訊工業是現代工業發展的趨勢。

㉔ 指數 ㄓ ㄕㄨ　zhǐshù　index

預計下個月的物價指數將上漲百分之 0.1。

㉕ 批發 ㄆ ㄈㄚ　pīfā　wholesale

批發店賣的東西比較便宜，因為不會受到中間商的剝削 (bōxuè, exploit)。

㉖ 營業額 ㄧㄥ ㄧㄝ ㄜ　yíngyè'é　sales amount
公司商業活動的收入

我們公司每個月的營業額約 200 萬，不算成本，大概可以賺 100 萬。

㉗ 皆 ㄐㄧㄝ　jiē　all
書 都

北極熊、殺人鯨皆為瀕危動物，已列入保護。

㉘ 轉呈 ㄓㄨㄢ ㄔㄥ　zhuǎnchéng　to turn...
轉變呈現

他的病情逐漸轉呈穩定，大家可以放心了。

㉙ 製造 ㄓ ㄗㄠ　zhìzào　to manufacture
將原料做成商品

目前市場上很多東西都是在中國製造的。

㉚ 測驗 ㄘ ㄧㄢ　cèyàn　test; quiz
考試

老師說每上完一課就會有一個小測驗，每四課有一個大考試。

㉛ 低迷 ㄉ ㄇㄧ　dīmí　low and depressed
經濟不景氣或是精神不好

現在景氣低迷，所以企業不敢投資。

㉜ 股價 ㄍㄨ ㄐㄧㄚ　gǔjià　stock price
股票 (stock) 的價錢

這家公司目前的股價還不高，但前景看好，所以可以購買他們的股票。

㉝ 跌 ㄉㄧㄝ　dié　to drop; to fall; to decline
（價格、指數）下降

由於油價大跌，最近日用品的價錢也可能跟著調降。

㉞ 其餘 ㄑ ㄩ　qíyú　other
其他剩下的

麥當勞雞肉類的產品調漲，其餘的都沒有漲價。

㉟ 銷售 xiāoshòu
to sell; sale
賣

這項產品設計很特別，所以銷售得很好。

㊱ 貨幣 huòbì
currency

一個國家的貨幣價值跟該國的經濟實力有關。

㊲ 處長 chùzhǎng
director (of an office)
以「處」為名的單位中地位最高的人，如「國際事務處處長」

㊳ 跌幅 diéfú
range of decline
下跌的幅度

㊴ 情勢 qíngshì
condition; situation
情況趨勢

參加總統選舉的人都應該了解國際政治經濟情勢。

㊵ 前景 qiánjǐng
prospect
未來將出現的情況

如果再不改善目前的出口限制，我們未來的經濟前景讓人擔心。

㊶ 確定 quèdìng
certain
清楚明白不會改變

他是否會參加競選，目前還不確定。

㊷ 轉趨 zhuǎnqū
to turn to
慢慢轉變到別的方向

中美關係逐漸友好，國際政治情勢轉趨穩定。

㊸ 觀望 guānwàng
to wait and see
（先不做決定）看事情的變化

因為經濟情勢不太穩定，大部分的投資人先觀望，等情勢確定後再行動。

㊹ 投資 tóuzī
to invest

目前市場前景看好，正是投資的好機會。

㊺ 層面 céngmiàn
aspect
方面

教育改革需要考量的層面很廣，不能只從一方面考慮。

㊻ 驟 zòu
suddenly
書 很快地

因為受冷空氣影響，今天的氣溫驟降。

47 大幅 dàfú　greatly; by a large margin
大幅度

今年因為頻頻發生天災，因此農業生產量大幅下滑。

48 下單 xiàdān　to put (an order)
下訂單訂購

受中美貿易戰影響，台灣收到來自美國工廠的下單數量增加了。

49 樂觀 lèguān　optimism; optimistic
對一切都具備充分信心，往好處想

最近國際情勢不穩定，投資市場的前景不太樂觀。

50 不佳 bùjiā　not good
不好

這兩天天氣情況不佳，不適合出外旅行。

51 負 fù　minus (number)
比零少

今年經濟成長率為負 0.3%，不但沒有成長，反而衰退了。

52 展望 zhǎnwàng　to look ahead
看未來

因政治穩定，展望明年的經濟發展有可能大幅成長。

53 疲弱 píruò　weak
（經濟表現）差

受市場疲弱影響，很多產品賣不出去。

54 陰影 yīnyǐng　shadow
發生不好的事情所留下的痛苦經驗

上次的大車禍，一直是她心中的陰影，到現在還不敢開車。

55 籠罩 lóngzhào　(threat) to hang over
從四面蓋下來

這次颱風的影響很大，台灣全島都籠罩在暴風圈裡。

56 大額 dà'é　large (amount)
大的數量（與錢有關）

我建議你大額的消費可以刷卡，小額的用現金。

①	黃ㄏㄨㄤˊ藍ㄌㄢˊ燈ㄉㄥ	huánglándēng	yellow-blue light 表示景氣情況的燈號。黃藍燈表示景氣變差，要注意。
②	國ㄍㄨㄛˊ發ㄈㄚ會ㄏㄨㄟˋ	Guófāhuì	National Development Council (NDC) 國家發展委員會
③	領ㄌㄧㄥˇ先ㄒㄧㄢ指ㄓˇ標ㄅㄧㄠ	lǐngxiān zhǐbiāo	leading indicator 可預測未來景氣的指標
④	同ㄊㄨㄥˊ時ㄕˊ指ㄓˇ標ㄅㄧㄠ	tóngshí zhǐbiāo	coincident indicator 衡量當前景氣的指標
⑤	鄭ㄓㄥˋ貞ㄓㄣ茂ㄇㄠˋ	Zhèng zhēnmào	Cheng Cheng-Mount 人名
⑥	綠ㄌㄩˋ燈ㄉㄥ	lǜdēng	green light 燈號，表示經濟穩定
⑦	營ㄧㄥˊ業ㄧㄝˋ氣ㄑㄧˋ候ㄏㄡˋ 測ㄘㄜˋ驗ㄧㄢˋ點ㄉㄧㄢˇ	yíngyè qìhòu cèyàndiǎn	business climate indexes
⑧	藍ㄌㄢˊ燈ㄉㄥ	lándēng	blue light 燈號，表示經濟低迷
⑨	經ㄐㄧㄥ濟ㄐㄧˋ發ㄈㄚ展ㄓㄢˇ處ㄔㄨˋ	jīngjì fāzhǎn chù	Department of Economic Development, NDC 國家發展委員會裡的一個組織，研擬國家重要的經濟政策
⑩	邱ㄑㄧㄡ秋ㄑㄧㄡ瑩ㄧㄥˊ	Qiū qiūyíng	Chiu Chiu-ying 人名
⑪	期ㄑㄧˊ中ㄓㄨㄥ選ㄒㄩㄢˇ舉ㄐㄩˇ	qízhōng xuǎnjǔ	(US) mid-term election 美國總統 4 年任期的中間（第二年）的時候舉行的定期選舉
⑫	九ㄐㄧㄡˇ合ㄏㄜˊ一選ㄒㄩㄢˇ舉ㄐㄩˇ	jiǔhéyī xuǎnjǔ	9-in-1 election (Nov. 2018) 台灣部分地方公職人員的選舉。共有九項選舉同時進行，包括直轄市長、縣市長、直轄市議員等。
⑬	國ㄍㄨㄛˊ泰ㄊㄞˋ金ㄐㄧㄣ控ㄎㄨㄥˋ	Guótài jīnkòng	Cathay Financial Holdings 金融機構名

1 ⋯及⋯雙雙⋯

麥當勞及肯德基兩家速食店雙雙調漲咖啡價格。

因受到 covid-19 疫情衝擊，製造業及服務業股價雙雙下跌。

2 創⋯以來新高/低

今天黃金價格大幅上漲，創六年以來新高。

由於石油輸出國組織 (OPEC) 不同意減產，最近的油價創十年以來新低。

3 在⋯籠罩下

在貿易戰的陰影籠罩下，全球經濟發展疲弱。

明天全台都將在暴風圈的籠罩下，政府呼籲民眾預先做好防颱準備。

課文理解與討論 ▸▸

❶ 國發會公布的十月景氣燈號如何？代表經濟情況怎麼樣？為什麼？

❷ 景氣燈號是由哪些項目構成的？那些項目各呈什麼燈號？綜合判斷分數幾分？

❸ 領先指標以及同時指標累計跌幅各為多少？

❹ 有哪些負面因素影響經濟情勢？

❺ 哪些是有關信心層面的問題？企業為什麼會轉趨觀望？

❻ 油價的變化對企業有什麼影響？

❼ 國泰金控發布有關信心調查的三項指數是什麼？

❽ 請說明這三項指數調查的結果及有此結果的原因。

❾ 你認為影響經濟情勢的因素有哪些？

❿ 你認為燈號對企業投資有幫助嗎？有什麼幫助？

⓫ 你認為有哪些因素會影響消費意願？

請根據下圖回答以下問題。

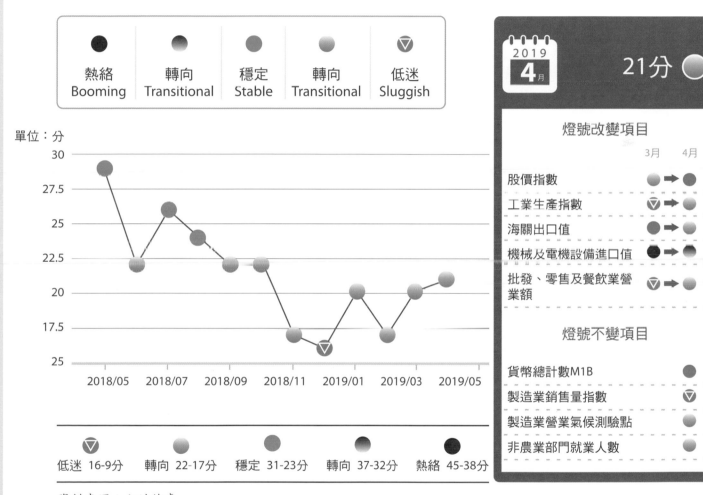

資料來源：主計總處

❶ 各種燈號代表的意義是什麼？

❷ 2019 年 4 月的綜合判斷分數是多少？燈號是何種燈號？

❸ 構成景氣燈號的九項項目，哪些改變了？怎麼改變？

GDP 下修

全球景氣趨緩　影響台灣產業

今年 GDP　主計總處下修至 2.27%

課前閱讀

請看新聞標題，再回答以下問題：

❶ 什麼是 GDP？

❷「下修」是什麼意思？代表好還是不好？

❸ 根據此標題，全球的經濟情況對台灣有什麼影響？

附註：這裡下修的是 GDP 的增長率，不是 GDP 總值

全球景氣趨緩　影響台灣產業

今年 GDP　主計總處下修至 2.27%

洪凱音／台北報導

全球經濟不確定因素升溫，主計總處昨下修 2019 年經濟成長率至 2.27%，較上次預測減少了 0.14 個百分點；主計長朱澤民坦言，景氣確實趨緩，影響台灣內、外需表現，政府陸續祭出激勵措施，經濟力求「緩中求穩」狀態。不過中研院則認為，現在談止跌還太早。

朱澤民指出，國際主要機構相繼調降今年景氣展望，例如，IHS 預測今年全球經濟成長 2.9%，為近 3 年最低，加上智慧手機等行動通訊產品買氣鈍化，衝擊供應鏈業者，半導體也處於庫存

調整狀態，抑制我國出口的成長力道，預測今年商品出口僅年增 0.19%。

在全球景氣前景不明、金融市場波動下，朱澤民表示，政府除加速執行公共投資、建設外，也推出各項消費的激勵措施，包括國內旅遊、節能家電汰舊換新等補助措施，就是希望維持內需的熱度，不要因為外在因素影響，導致經濟下滑。

由於外界質疑景氣已出現衰退，朱澤民強調，經濟衰退的定義是連續 2 季增年率（saar）呈現負數，但我國自 2016 年後 saar 皆呈正數，預計今年各季 saar 依序為 2.29% 至 3.63% 之間，景氣

沒有衰退的疑慮。

不過中研院經濟研究所研究員周雨田看法則相對保守，他表示，國際預測機構仍持續下修全球經濟成長率預測，台灣景氣還處在下滑波段，而且貿易戰、脫歐等國際事件持續延燒，太多事情不明朗，「現在談止跌還太早」。

朱澤民則指出，假設貿易戰的僵局難解，預估，對我經濟成長率僅減少 0.03 至 0.04 個百分點之間，並沒有想像衝擊大，強調「不要自己嚇自己」。

（取自 2019/2/14 中國時報）

01　下ㄒㄧㄚˋ修ㄒㄧㄡ　　　xiàxiū　　to revise down (forecast)
往下修改（數字）

因為今年的經濟情勢不佳，所以預估經濟成長的數字將下修。

02　百ㄅㄞˇ分ㄈㄣ點ㄉㄧㄢˇ　bǎifēndiǎn　percentage point

今年台灣的人口較去年增加了 0.75 個百分點。

03　內ㄋㄟˋ需ㄒㄩ　　　nèixū　　domestic demand
國內市場的需要，主要有消費及投資兩大需要。

政府為解決國內經濟不景氣的問題，將提出擴大內需方案。

04　外ㄨㄞˋ需ㄒㄩ　　　wàixū　　foreign demand
國外市場的需要

05　激ㄐㄧ勵ㄌㄧˋ　　　jīlì　　to stimulate
刺激鼓勵

為了激勵國外企業來台投資，政府祭出很多鼓勵措施。

06　力ㄌㄧˋ求ㄑㄧㄡˊ　　lìqiú　　to make every effort for...
用所有的力量追求

她力求完美，所有的事都要求做到最好。

07　緩ㄏㄨㄢˇ中ㄓㄨㄥ求ㄑㄧㄡˊ穩ㄨㄣˇ　huǎn zhōng qiú wěn　to maintain steady growth even in a slow trend
在慢慢地發展中追求穩定的成長

經濟發展最好是緩中求穩，發展得太快，反而會造成問題。

08　止ㄓˇ跌ㄉㄧㄝˊ　　　zhǐdié　　to stop declining
不再下跌

台灣股票市場連續下跌了一周，終於在今天止跌了。

09　機ㄐㄧ構ㄍㄡˋ　　　jīgòu　　organization
組織團體

目前很多學術機構缺少研究經費，需要教育部補助。

10　相ㄒㄧㄤ繼ㄐㄧˋ　　xiāngjì　　one after another; subsequently
一個完成後，另一個接著做

經濟不景氣，消費力疲弱，很多有名的商店都相繼倒閉了。

11　調ㄊㄧㄠˊ降ㄐㄧㄤˋ　tiáojiàng　to lower (price)
調整使變低

東西的價格調漲以後，不太可能再調降。

⑫ 通ㄊㄨㄥ 訊ㄒㄩㄣˋ　　　tōngxùn　　　telecommunication

地震後因通訊系統受損，無法與外界聯繫。

⑬ 買ㄇㄞˇ 氣ㄑㄧˋ　　　mǎiqì　　　the mood of buying
購買的情形

百貨公司為了刺激買氣，舉辦了一系列的折扣活動。

⑭ 鈍ㄉㄨㄣˋ 化ㄏㄨㄚˋ　　　dùnhuà　　　to become dumb
變得不活潑

年紀大了以後，對味道的感覺會慢慢鈍化，吃不出食物的味道。

⑮ 供ㄍㄨㄥ 應ㄧㄥˋ 鏈ㄌㄧㄢˋ　　　gōngyìngliàn　　　a chain of suppliers
產品生產過程中，一系列相關的產業。

今年手機買氣弱，影響整個供應鏈的經營收入。

⑯ 半ㄅㄢˋ 導ㄉㄠˇ 體ㄊㄧˇ　　　bàndǎotǐ　　　semi-conductor

⑰ 處ㄔㄨˇ 於ㄩˊ　　　chǔyú　　　to be under (a condition)
在…情形下

她長期處於工作壓力下，最後身體受不了就生病了。

⑱ 庫ㄎㄨˋ 存ㄘㄨㄣˊ　　　kùcún　　　stock (of supplies)
還存放在倉庫 (warehouse) 中的產品

⑲ 抑ㄧ 制ㄓˋ　　　yìzhì　　　to inhibit
控制不讓（情緒、成長）發展

傳統的教育方式抑制孩子的想像力及創造力。

⑳ 力ㄌㄧˋ 道ㄉㄠˋ　　　lìdào　　　force (of an action)
力量的強度

政府推出改革政策以刺激民眾消費，但力道不夠，沒有達到預期的目標。

㉑ 不ㄅㄨˋ 明ㄇㄧㄥˊ　　　bùmíng　　　uncertain
不清楚

他到底要選總統還是不選？到現在還態度不明。

㉒ 金ㄐㄧㄣ 融ㄖㄨㄥˊ　　　jīnróng　　　financial
與錢有關的經濟活動

今年台灣金融市場不景氣，台幣、股市都大跌。

㉓ 執ㄓˊ 行ㄒㄧㄥˊ　　　zhíxíng　　　to enforce (laws)
根據法律或計畫去做

他認為就是因為警察沒有確實執行法律，才有這麼多人敢違反法律。

㉔ 建ㄐㄧㄢˋ設ㄕㄜˋ　　　jiànshè　　　　　　development project

為了擴大內需，政府加速推出大型交通建設，如增設機場、修建馬路。

㉕ 節ㄐㄧㄝˊ能ㄋㄥˊ　　　jiénéng　　　　　　energy conservation
　　　　　　　　　　　　　　　　　　　　　節省能源

㉖ 家ㄐㄧㄚ電ㄉㄧㄢˋ　　jiādiàn　　　　　　home appliance
　　　　　　　　　　　　　　　　　　　　　家裡用的電器，像：冰箱、電視機

政府鼓勵民眾購買節能的冰箱、洗衣機等家電用品。

㉗ 汰ㄊㄞˋ舊ㄐㄧㄡˋ換ㄏㄨㄢˋ新ㄒㄧㄣ　tàijiù huànxīn　to replace old things with new ones
　　　　　　　　　　　　　　　　　　　　　把舊的丟掉換成新的

現代手機汰舊換新的速度太快，每一年都有新的機型出現。

㉘ 熱ㄖㄜˋ度ㄉㄨˋ　　　rèdù　　　　　　　warmth; enthusiasm
　　　　　　　　　　　　　　　　　　　　　熱（熱情）的程度

她已經失去對學習華語的熱度，因此產生放棄的想法。

㉙ 外ㄨㄞˋ在ㄗㄞˋ　　　wàizài　　　　　　external
　　　　　　　　　　　　　　　　　　　　　事物本身以外

國內物價上漲完全是受外在因素的影響，其中以國際油價大漲影響最大。

㉚ 質ㄓˊ疑ㄧˊ　　　　　zhíyí　　　　　　　to cast doubt on...
　　　　　　　　　　　　　　　　　　　　　對事情不相信、有疑問

總統執行的新政策受到外界質疑是否對國家有利。

㉛ 衰ㄕㄨㄞ退ㄊㄨㄟˋ　　shuāituì　　　　　to be depressed; to slow down
　　　　　　　　　　　　　　　　　　　　　疲弱下降

經濟不景氣導致民眾消費力衰退。

㉜ 定ㄉㄧㄥˋ義ㄧˋ　　　dìngyì　　　　　　definition
　　　　　　　　　　　　　　　　　　　　　給一個概念或一個詞清楚的說明解釋

在台灣酒駕的定義是酒精濃度超過 0.15% 卻仍開車。

㉝ 負ㄈㄨˋ數ㄕㄨˋ　　　fùshù　　　　　　negative (number)
　　　　　　　　　　　　　　　　　　　　　比零小的數字

人口老化的國家，每年人口增加率為負數，總人口數將不斷減少。

㉞ 正ㄓㄥˋ數ㄕㄨˋ　　　zhèngshù　　　　positive (number)
　　　　　　　　　　　　　　　　　　　　　比零大的數字

㉟ 依ㄧ序ㄒㄩˋ　　　　　yīxù　　　　　　　in sequence
　　　　　　　　　　　　　　　　　　　　　按照順序

搭捷運時，請排隊依序上車。

36 之ㄓ間ㄐㄧㄢ zhījiān — between...and... …的中間

中美兩國之間仍有很多問題不能形成共識。

37 疑ㄧˊ慮ㄌㄩˋ yílǜ — doubt; misgiving 質疑擔心

民眾對於那個候選人提出的改革方案仍有疑慮，不敢把票投給他。

38 相ㄒㄧㄤ對ㄉㄨㄟˋ xiāngduì — relatively

這次考試的題目跟上次的比起來，相對簡單一些，但成績仍不理想。

39 波ㄅㄛ段ㄉㄨㄢˋ bōduàn — period (in a process)

目前黃金的價錢還在下滑的波段，是可以投資的好機會。

40 脫ㄊㄨㄛ歐ㄡ tuō Ōu — Brexit 離開歐盟

41 延ㄧㄢˊ燒ㄕㄠ yánshāo — (of fire) to spread; (of a controversy) to be heated 繼續往外燒

關於臉書密碼外洩的議題還在繼續延燒，並沒有停止。

42 明ㄇㄧㄥˊ朗ㄌㄤˇ mínglǎng — clear 很清楚

他是否參加這次的選舉，目前尚不明朗，下周才會宣布。

43 假ㄐㄧㄚˇ設ㄕㄜˋ jiǎshè — if; provided that 如果

假設酒駕不祭出重罰，就無法遏止酒駕肇事的問題。

44 僵ㄐㄧㄤ局ㄐㄩˊ jiāngjú — deadlock 互相不讓而造成無法改變的情況

肇事者和受害家屬對和解金無法達成共識，因此呈現僵局。

45 嚇ㄒㄧㄚˋ xià — to scare 讓別人害怕

有人認為世界上並沒有鬼 (guǐ, ghost)，一切都是自己嚇自己。

❶	GDP		Gross Domestic Product (GDP) 國內生產毛額
❷	主計總處	zhǔjì zǒngchù	Directorate-General of Budget, Accounting and Statistics (DGBAS)
❸	主計長	zhǔjìzhǎng	Minister, DGBAS
❹	中研院	Zhōngyányuàn	Academia Sinica 中央研究院，台灣最高的學術機構。
❺	IHS		IHS Markit 公司的名字，總部在倫敦，提供重要商業資訊、分析及推動全球經濟的各種產業與市場解決方案。
❻	季增年率	jìzēngniánlǜ	seasonally adjusted annualized rate 季增年率 (saar) 是把本季的季增率擴充成 4 季，有一種展望未來一年的意涵。

句型　Sentence Pattern

1 …較…多 / 少了…百分點

今年九月的物價上漲率較去年同期多了 0.3 個百分點。

今年第一季的經濟成長率較去年第四季少了 0.1 個百分點。

2 處於…

黃金市場最近一直處於過熱的狀態。

因為疫情的影響，經濟受到嚴重衝擊，估計國內有 10% 的人處於失業的狀態。

3 …依序為…

根據世界貿易組織公布，今年出口最多的前三國依序為中國、美國、德國。

世界衛生組織列出世界三大疾病依序為心血管疾病 (Cardiovascular disease)、愛滋病 (AIDS)、憂鬱症 (Depression)。

課文理解與討論 ▶▶

❶ 主計處為什麼下修經濟成長率？跟上次預測有什麼不同？

❷ 國際各機構怎麼看今年的景氣情況？

❸ 什麼原因抑制台灣出口的成長？今年商品出口年增率是多少？

❹ 有哪些外在因素導致經濟下滑？政府又用哪些措施避免經濟下滑？

❺ 外界認為景氣情況如何？主計長對景氣的看法為何？

❻ 經濟衰退的定義是什麼？台灣經濟衰退了嗎？為什麼？

❼ 中研院研究員的看法如何？為什麼？

❽ 主計長為什麼說「不要自己嚇自己」？

❾ 什麼是「GDP」？你認為一個國家的 GDP 受哪些因素影響？

❶ 請說明下圖的數字

最新統計指標	
經濟成長率（yoy）(%)	1.71 [2019 年第 1 季初步統計]
經濟成長率（yoy）(%)	2.19 [2019 年預測]
名目 GDP（百萬元）	18,185,982 [2019 年預測]
平均每人 GDP（美元）	24,827 [2019 年預測]
平均每人 GNI（美元）	25,360 [2019 年預測]

資料來源：行政院主計總處最新統計指標 2019.6

註解：

名目 GDP：一個國家國內在某一個特定期間（一年）所生產
物品和勞務，以當期的物價計算的市場總值

回答：＜例＞2019 年第一季經濟成長率初步統計為 1.71%

❷ 請四人一組，上網查自己國家今年的 GDP 數字，比較各國的
數字，說明各國的經濟情況。

附錄：兩篇主新聞內容的簡體字版 ▸▸

第十五课 10 月景气续亮「趋弱」黄蓝灯

国发会昨天公布十月景气灯号，连两月续亮「趋弱」黄蓝灯，具预测未来景气领先指标，及衡量当前景气的同时指标双双下滑。国发会副主委郑贞茂坦言，景气扩张动能确实有减弱现象，经济成长也趋缓。

十月景气灯号综合判断分数为廿二分，连续两月呈现「趋弱」黄蓝灯，九项构成景气灯号项目中，虽然工业生产指数与批发、零售及餐饮业营业额皆由黄蓝灯转呈「稳定」绿灯，但制造业营业气候测验点由黄蓝灯下滑至「低迷」蓝灯，股价指数也从绿灯跌至黄蓝灯，而其余制造业销售量指数、货币总计数等五项指标则维持「趋弱」黄蓝灯。

经济发展处副处长邱秋莹指出，领先指标已连续五月下滑，累计跌幅达百分之一点八一；同时指标则连续下滑十一个月，累计跌幅百分之一点七四。

她表示，信心问题及国际油价两大负面因素影响近期经济情势，前阵子美国期中选举以及台湾九合一选举前，企业对整体景气前景的不确定因素提高，态度转趋观望，再加上美国贸易战对企业全球投资的冲击，这些都是信心层面的问题；国际油价则因近期创新高后又骤跌，大幅波动影响企业下单结构。

此外，国泰金控昨天发布的国民经济信心调查发现，十一月民众「景气现况乐观指数」受到经济数据不佳影响，明显下滑至负四十六点七，创二○一六年三月以来新低；民众的「就业展望乐观指数与薪资上涨预期指数」也疲弱，在经济信心与就业信心阴影持续笼罩下，「大额消费意愿指数」连续两个月降至负五点七，须留意明年景气动能转弱的风险。

第十六课　全球景气趋缓　影响台湾产业
今年 GDP　主计总处下修至 2.27%

全球经济不确定因素升温，主计总处昨下修 2019 年经济成长率至 2.27%，较上次预测减少了 0.14 个百分点；主计长朱泽民坦言，景气确实趋缓，影响台湾内、外需表现，政府陆续祭出激励措施，经济力求「缓中求稳」状态。不过中研院则认为，现在谈止跌还太早。

朱泽民指出，国际主要机构相继调降今年景气展望，例如，IHS 预测今年全球经济成长 2.9%，为近 3 年最低，加上智慧手机等行动通讯产品买气钝化，冲击供应链业者，半导体也处于库存调整状态，抑制我国出口的成长力道，预测今年商品出口仅年增 0.19%。

在全球景气前景不明、金融市场波动下，朱泽民表示，政府除加速执行公共投资、建设外，也推出各项消费的激励措施，包括国内旅游、节能家电汰旧换新等补助措施，就是希望维持内需的热度，不要因为外在因素影响，导致经济下滑。

由于外界质疑景气已出现衰退，朱泽民强调，经济衰退的定义是连续 2 季增年率（saar）呈现负数，但我国自 2016 年后 saar 皆呈正数，预计今年各季 saar 依序为 2.29% 至 3.63% 之间，景气没有衰退的疑虑。

不过中研院经济研究所研究员周雨田看法则相对保守，他表示，国际预测机构仍持续下修全球经济成长率预测，台湾景气还处在下滑波段，而且贸易战、脱欧等国际事件持续延烧，太多事情不明朗，「现在谈止跌还太早」。

朱泽民则指出，假设贸易战的僵局难解，预估，对我经济成长率仅减少 0.03 至 0.04 个百分点之间，并没有想象冲击大，强调「不要自己吓自己」。

詞語索引
VOCABULARY INDEX

拼音	生詞	課次 - 編號
bìngfáng	病房	13-29
bīngfēng	冰封	7-48
bìnglì	病例	13-15
bìngshǐ	病史	13-40
bō	波	1-6
bōdòng	波動	3-23
bōduàn	波段	16-39
bōduó	剝奪	3-24
bǔchōng	補充	9-56
búdàng	不當	12-18
bùdé	不得	4-30
bùfèn	部分	7-17
bùfū shǐyòng	不敷使用	13-48
bùjiā	不住	15-50
bùjǐn	不僅	5-53
bùluògé	部落格	12-24
bùmíng	不明	16-21
bùshí	不時	10-30
búyèchéng	不夜城	10-4
bùzhǎng	部長	11-42

cáituán fǎrén	財團法人	3-44
cānyù	參與	9-53
cǎo'àn	草案	5-22
cèyàn	測驗	15-30
céng	曾	13-43
céngmiàn	層面	15-45
cháiyóu	柴油	4-3
chǎnliàng	產量	4-18
chǎnyè	產業	11-41
chǎngmiàn	場面	8-7

VOCABULARY INDEX

C

VOCABULARY INDEX

拼音	生詞	課次 - 編號
dǎolǎn	導覽	9-59
dǎoyóu	導遊	8-43
dǎozhì	導致	8-13
Déguó mázhěn	德國麻疹	14-1
dēngchǎng	登場	9-6
dēnghào	燈號	15-4
dǐdá	抵達	2-38
dīdǎng	低檔	4-20
dīmí	低迷	15-31
diǎnrán	點燃	10-26
diàoxiāo	吊銷	5-48
dié	跌	15-33
diéfú	跌幅	15-38
dìng'àn	定案	4-47
dìngdìng	訂定	4-39
dìngyì	定義	16-32
dòngnéng	動能	15-15
dòngzhǎng	凍漲	3-21
dūshì	都市	14-11
duǎnzhàn	短暫	1-17
duì	兌	4-25
dùnhuà	鈍化	16-14
duō	多	13-46
duózǒu	奪走	5-11

É	俄	7-6
Éluánbí	鵝鑾鼻	2- 專 2
èshā	扼殺	11-29
èzhǐ	遏止	5-13
èzǔ	遏阻	5-19
ér	而	8-42

VOCABULARY INDEX

拼音	生詞	課次 - 編號
fēngpào	蜂炮	10-1
fēngsù	風速	2-30
fù	副	9-37
fù	腹	14-42
fù	赴	14-8
fù	負	11-19
fù	負	15-51
fúdòng	浮動	4-6
fúdù	幅度	4-16
fúshàng táimiàn	浮上檯面	8-28
fùshù	負數	16-33
fù shǔzhǎng	副署長	13- 專 2
Fúyìsītè	弗易斯特	11- 專 6
fùzé	負責	12-40

gāi	該	11-22
gāndǎn chángwèi kē	肝膽腸胃科	6- 專 1
gǎnrǎn	感染	14-6
gǎnshòu	感受	9-60
gānzàng	肝臟	6-5
gǎngbù	港埠	14-22
gāocháo	高潮	10-28
gāofēngqí	高峰期	13-28
gāo fēngxiǎn qún	高風險群	13-49
gàojí	告急	14-14
gāoyú	高於	4-31
GDP	GDP	16- 專 1
gè'àn	個案	13-38
gēhóuzhàn	割喉戰	4-41
gémìng	革命	11-47
gèrén	個人	5-54

拼音	生詞	課次 - 編號
gétiān	隔天	6-11
gēnjìn	跟進	3-1
gēnghuàn	更換	3-8
gōngbù	公布	3-6
gōngchéngshī	工程師	12-26
gōngdúshēng	工讀生	3-64
gōngfèi	公費	13-24
gōngjí	攻擊	7-7
gōngkāi	公開	12-20
gōnglǐ	公里	2-26
gōngmín	公民	11-43
gōngshēng	公升	4-12
gòngshì	共識	5-14
gōngshì	公式	4-7
gòngtóng	共同	9-34
gōngyè	工業	15-23
gōngyìng	供應	3-14
gōngyìngliàn	供應鏈	16-15
gōngzī	工資	3-30
gòubìng	購併	12-48
gòuchéng	構成	15-21
gū	估	4-4
Gǔgē	谷歌	11- 專 1
gūjì	估計	8-18
gǔjià	股價	15-32
gūsuàn	估算	4-28
gùyì	故意	12-34
guānbīng	官兵	7-12
Guānguāngjú	觀光局	9- 專 9
Guānguāng lǚyóujú	觀光旅遊局	9- 專 11
guānwàng	觀望	15-43

G

VOCABULARY INDEX

拼音	生詞	課次 - 編號
huánglándēng	黃藍燈	15- 專 1
huìlǜ	匯率	4-26
huìqí	會期	5-34
huíshēng	回升	1-42
huòbì	貨幣	15-36
huólíng huóxiàn	活靈活現	9-46
IHS	IHS	16- 專 5
Instagram	Instagram	12- 專 5
jí	及	1-22
jì	劑	13-23
jì	繼	3 3
jì	祭	5-3
jíbìng	疾病	13-1
jīchì	雞翅	3-40
jìchū	祭出	11-3
jīdì	基地	7-11
jīgòu	機構	16-9
Jíguǎnshǔ	疾管署	13- 專 1
jǐhàinián	己亥年	9-38
jíjiāng	即將	14-7
jíjiù	急救	13-47
jīlì	激勵	16-5
Jīlóng shì	基隆市	9- 專 2
jìlù	記錄	12-38
jīlǜ	機率	1-21
jīròu	肌肉	6-32
jìsuàn	計算	4-8
jīxiàng	跡象	12-15
jìyǒu	既有	9-40

J

VOCABULARY INDEX

拼音	生詞	課次 - 編號
lācháng	拉長	2-42
láishì xiōngxiōng	來勢洶洶	13-6
láixí	來襲	1-7
lánchá	攔查	5-46
lándēng	藍燈	15- 專 8
lànyòng	濫用	12-17
làng	浪	2-4
lǎotāo	老饕	8-34
lèguān	樂觀	15-49
lěijì	累計	14-18
lèisì	類似	14-36
lěisuàn	累算	4-22
léizhènyǔ	雷陣雨	1-26
lì	例	13 8
lìdào	力道	16-20
Lìfǎyuàn	立法院	5- 專 2
lìqiú	力求	16-6
lìwěi (lìfǎ wěiyuán)	立委（立法委員）	5- 專 4
lìxíng	例行	12-32
lián	連	15-5
liánbāng zhèngfǔ	聯邦政府	7- 專 4
liánfā	連發	1-3
liánméng	聯盟	5-36
Liǎnshū	臉書	11- 專 2
Liǎnshū qīngliàngbǎn	臉書輕量版	12- 專 4
liánxù	連續	15-20
liáng	涼	1-29
liàng	亮	15-3
liàng	量	3-52
liè	列	7-35
lièjiǔ	烈酒	6-4

VOCABULARY INDEX

L

M

M

N

O

P

VOCABULARY INDEX

拼音	生詞	課次 - 編號

VOCABULARY INDEX

拼音	生詞	課次 - 編號
qūruò	趨弱	15-1
quánxiàn	權限	12-14
quèbǎo	確保	7-26
quèdìng	確定	15-41
quēshī	缺失	12-21
quèzhěn	確診	13-37
qúnzǔ	群組	12-55

ràojìng	遶境	10-5
rè'ài	熱愛	14-13
rèdù	熱度	16-28
réncì	人次	13-34
rénshì	人士	11-27
réng	仍	1-12
Rìběn fàngsòng xiéhuì	日本放送協會	14- 專 6
rìjī yuèlěi	日積月累	3-19
róngbīng	融冰	7-46
róngrěn	容忍	5-41
rú	如	10-3
rùqīn	入侵	7-5
rùqiū	入秋	2-5
ruǎntǐ	軟體	12-29
Ruìēnfú	瑞恩福	12- 專 3
ruò	若	2-14
ruòshì	若是	1-45

sà	卅	6-13
sāibào	塞爆	13-31
Sānchóng xiànlì Sōngbǎn shānggāo	三重縣立松阪商高	9- 專 7
Sānshāng qiǎofú	三商巧福	3- 專 4
Shāguó	沙國	4- 專 1

VOCABULARY INDEX

拼音	生詞	課次 - 編號
sǐxíng	死刑	5-29
sìyǎng	飼養	3-51
sōusuǒ	搜索	12-35
sùzuì	宿醉	6-15
suíhòu	隨後	10-39
tà	踏	7-22
tāi'ér	胎兒	14-43
Táijīn	台斤	3-50
tàijiù huànxīn	汰舊換新	16-27
Táiwān jīngjì yánjiùyuàn	台灣經濟研究院	3- 專 9
Táiwān Zhōngyóu	台灣中油	4- 專 7
Tàizǐyé pàochéng	太子爺炮城	10- 專 5
Tánměi	潭美	2- 專 3
tǎnyán	坦言	15-13
tǎngruò	倘若	8-44
tàocān	套餐	3-11
Táoyuán shì	桃園市	9- 專 3
tèzhì	特製	7-29
tí'àn	提案	5-21
tíshén	提神	6-24
tǐyàn	體驗	9-58
tiāntáng	天堂	8-17
tiáojià	調價	3-7
tiáojiàng	調降	16-11
tiáokuǎn	條款	5-33
tiáoshēng	調升	3-32
tiàotuō	跳脫	9-39
tiàoyuè	跳躍	10-38
tiáozhěng	調整	2-24
tíngliú	停留	7-55

VOCABULARY INDEX

拼音	生詞	課次 - 編號
tíngshòu	停售	3-10
tóngshí zhǐbiāo	同時指標	15- 專 4
tōngxùn	通訊	16-12
tóutòng	頭痛	11-2
tóuzī	投資	15-44
túshā	屠殺	7-43
tuīgū	推估	14-16
tuō Ōu	脫歐	16-40
wàiwéi	外圍	2-39
wàixiè	外洩	12-2
wàixíng	外型	9-41
wàixū	外需	16-4
wàizài	外在	16-29
wánbì	完畢	6-26
wǎngjì wǎnglù	網際網路	11-1
wéi	圍	8-22
wéi	為	9-10
wèi	為	9-20
wèi	未	14-26
wèicǐ	為此	7-23
wéichí	維持	4-19
wéifǎn	違反	11-20
Wèifúbù	衛福部	14- 專 2
wéihù	維護	12-52
wéijí	危及	6-16
Wěinèiruìlā	委內瑞拉	4- 專 2
wěiqí	尾鰭	8-29
wéiqiáng	圍牆	7-25
wěisuí	尾隨	8-41
wěisuō	萎縮	8-45

拼音	生詞	課次 - 編號
xiàngmù	項目	15-22
xiāngshì	相識	9-24
xiǎngyù shèngmíng	享譽盛名	9-50
xiàngzhēng	象徵	9-12
xiǎode	曉得	6-10
xiāojià	削價	4-42
xiǎomài	小麥	3-58
xiāomiè	消滅	5-8
xiàonéng	效能	6-3
xiāoshòu	銷售	15-35
xiàosù	酵素	6-7
xiétiá xìng	協調性	6-33
Xīnběi shì	新北市	9- 專 1
Xīnběi shìlì Sānchóng shānggōng	新北市立三重商工	9- 專 8
Xīndìdǎo	新地島	7- 專 2
xīntài	心態	6-29
Xīntáibì	新台幣	4- 專 5
xīnyuàn	心願	9-26
xīnzàngbìng	心臟病	14-45
xíngjìn	行進	2-28
xíngqí	刑期	5-43
xíngwéi	行為	5-40
xiūfǎ	修法	5-12
xiūxiū	咻咻	10-22
xù	續	15-2
(qīdiǎn) xǔ	～（七點）許	10-21
xū	須	1-30
xùmù	畜牧	3-47
Xùmùchù	畜牧處	3- 專 7
xǔxià	許下	9-25
xuānbù	宣布	3-25

VOCABULARY INDEX

VOCABULARY INDEX

拼音	生詞	課次 - 編號
zhíyí	質疑	16-30
zhìzào	製造	15-29
zhìzuò	製作	9-11
zhòngbiāo	中鏢	13-21
zhǒngdà	腫大	14-40
zhòngdiǎn	重點	11-14
zhòngfá	重罰	5-2
zhōngnián	終年	7-47
zhōngxīn	中心	2-29
Zhōngyányuàn	中研院	16- 專 4
Zhōngyāng qìxiàngjú	中央氣象局	1- 專 1
Zhōngyāng xùchǎnhuì	中央畜產會	3- 專 5
zhòngzhèng	重症	13-9
zhōngzhuàngnián	中壯年	13-10
zhōujūnjià	周均價	4-24
zhūfán shùnsuì	諸凡順遂	9-48
zhùhè	祝賀	9-49
zhǔjìzhǎng	主計長	16- 專 3
zhǔjì zǒngchù	主計總處	16- 專 2
zhǔquán	主權	11-48
zhūshì hēngtōng	諸事亨通	9-14
zhǔwěi	主委	15-12
zhǔxí	主席	11-49
zhǔzhāng	主張	5-45
zhùzuòquán	著作權	11-4
zhuǎn	轉	2-3
zhuǎnchéng	轉呈	15-28
zhuǎnjià	轉嫁	3-66
zhuǎnqū	轉趨	15-42
zhuāntí	專題	5-15
zhuānzhùlì	專注力	6-31

VOCABULARY INDEX

NOTE
• • • • • • • • •

NOTE

· · · · · · · ·

NOTE
• • • • • • • •

NOTE

· · · · · · · · ·

Linking Chinese

縱橫天下事 1 ：華語新聞教材 課本

策　　劃　國立臺灣師範大學國語教學中心
總 編 輯　陳振宇
主　　編　杜昭玫
編 著 者　孫懿芬、陳懷萱
英文翻譯　周中天

執行編輯　李芃、蔡如珮
美術編輯　林欣穎
校　　對　林雅惠、蔡如珮
技術支援　李昆璟
封面設計　江宜蔚
內文排版　楊佩菱
錄　　音　王育偉、許伯琴
錄音後製　純粹錄音後製公司

出 版 者　聯經出版事業股份有限公司
發 行 人　林載爵
社　　長　羅國俊
總 經 理　陳芝宇
總 編 輯　涂豐恩
副總編輯　陳逸華

叢書編輯　賴祖兒
地　　址　新北市汐止區大同路一段 369 號 1 樓
聯絡電話　(02)8692-5588 轉 5317
郵政劃撥　帳戶第 0100559-3 號
郵撥電話　(02)23620308
印 刷 者　文聯彩色製版印刷有限公司

2021 年 5 月初版
版權所有　•　翻印必究
Printed in Taiwan.
ISBN　978-957-08-5743-6 (平裝)
GPN　1011000418
定　　價　900 元

著作財產權人　國立臺灣師範大學
地址：臺北市大安區和平東路一段 162 號
電話：886-2-7749-5130
網址：http://mtc.ntnu.edu.tw/
E-mail：mtcbook613@gmail.com

感謝

《中國時報》、《聯合報》、《蘋果日報》

授權本中心選用其報導資料做為教材內容

（以上依姓氏或單位名稱筆畫順序排列）

國家圖書館出版品預行編目資料

縱橫天下事 1：華語新聞教材 課本/國立臺灣師範大學
國語教學中心策劃 . 杜昭玫主編 . 孫懿芬、陳懷萱編寫 . 初版 . 新北市 .
聯經 . 2021 年 5 月 . 256 面＋64 面作業本 . 21×28 公分
（Linking Chinese）
ISBN　978-957-08-5743-6（第1冊：平裝）

1.漢語　2.新聞　3.讀本

802.86　　　　　　　　　　　　　　　　　110003556

|目錄| CONTENTS

氣象報導

第 1 課練習

一、填入適當的生詞

短暫　機率　回升　再度　預計　局部
較為　空曠　趨緩　沿海　增強

01 颱風路徑常常很難預測，有時看起來離開了，再回頭的_____也
很高。

02 氣象報導預測雖然下周的氣溫會_____，但是_____地區
會降雨。

03 我跟他並不熟，因為我們相處的時間很_____。

04 有雷陣雨時，若出現閃電（shǎndiàn, lightning），一個人站
在_____的地區會有危險性。

05 世界人口_____到2025年會超過80億。

06 中國經濟發展雖然_____，但很多西方國家還是比不上。

07 住在_____地區的人受到颱風的威脅較大。

08 大家以為那個暴力事件已經解決，但是最近_____成為大家討論
的目標。

09 夏天只要陣雨過後，天氣就會_____涼快。

10 多與他人接觸，能_____溝通技巧，建立良好人際關係。

⑪ 進入四月，氣溫逐漸升高，與過去十年的紀錄一樣，四月氣溫_____超過25度，_____是27-28度，最高氣溫甚至_____32度。

⑫ _____周東北風報到_____受大雨影響，氣溫逐漸降低。氣象局提醒民眾早晚_____注意溫差大。

二、連連看

1. 本週日夜溫差大， •

2. 今日各地夜晚氣溫稍低， •

3. 北部地區受東北風影響， •

4. 由於今晚冷空氣逐漸增強， •

5. 中南部地區多雲時晴， •

• a. 宜蘭迎風面的地區降雨明顯。

• b. 但高雄局部地區仍有陣雨。

• c. 但明日白天將回升至25度。

• d. 預計高低可達10度。

• e. 明晨低溫會下降至12度。

三、句型練習

1 儘管…，仍…

　　1-1 儘管總統說_____，人民仍漠不關心。

　　1-2 A：雨勢這麼大，會影響觀光客參觀九份的計畫嗎？

　　　　B：_____

2 若是

　　2-1 若是社會貧富懸殊，_____。

　　2-2 A：你認為政府對學生的抗議會有什麼反應？

　　　　B：_____

一、填入適當的生詞

擴大　排除　發布　調整　減緩　瞬間　模式　分歧　拉長　路徑

① 此次颱風轉為強烈颱風，恐受災地區也會_____。

② 氣象局表示根據氣象圖，將在明天_____海上颱風警報。

③ 輕度颱風風勢不強，但是_____陣風也可能把汽車吹翻。

④ 這波冷空氣預計會持續到周末，低溫時間將_____。

⑤ 新環境不容易適應，這時最好_____自己的生活習慣和觀念。

⑥ 警察不願_____任何造成車禍的原因，但真正原因仍需再調查。

⑦ 由於幾位領導者的想法_____，基因改造計畫不得不停止。

⑧ 我們可以參考大企業的經營_____，當做我們改善的標準。

⑨ 隨著年紀的增加，人的行動能力會逐漸_____。

⑩ 本次颱風前進的_____多變，氣象局至今難以預計襲台時間。

本　若　較　將　仍　此　並　視

⑪ _____月受大雨影響，氣溫_____低，但_____有26度。根據氣象局報

導，當_____波大雨過後，預計氣溫_____回升至30度。

⑫ 氣象局何時發布海警須_____颱風風速而定。_____颱風達輕度颱風

下限，_____有持續增強的趨勢，就會發布海上警報。

二、選擇

① 我們這次的表演先預訂一天五千人的場地，開始售票後再視情況_____（a. 屆時 b. 適時）調整。_____（a. 屆時 b. 適時）若預購熱烈，我們可以考慮增加表演的場次。

② 這個活動場地座位有限，_____（a. 上限 b. 下限）是一萬人。

③ 颱風有大有小，最大的颱風_____（a. 半徑 b. 路徑）可達400、500公里。太平洋上的颱風_____（a. 半徑 b. 路徑）多半是由東往西前進。

④ 我常常利用工作的_____（a. 空曠 b. 空檔）一個人開車到台東去。非假日時，鄉下_____（a. 空曠 b. 空檔）無人，四周安靜，心中也得到平靜。

⑤ 國家經濟發展速度_____（a. 減弱 b. 趨緩），人民的收入減少，購買力就會_____（a. 減弱 b. 趨緩）。

⑥ 本公司1、2月的活動企劃案，先由新年開始，再由元宵節、情人節等_____（a. 接力 b. 連發）完成週年慶的推銷活動。

⑦ 氣象局預報冷氣團接近，本周末氣溫將_____（a. 下探 b. 下降）12度，比今天整整_____（a. 下探 b. 下降）了10度。

三、句型練習

1 （時間），屆時…若…，將…

　　1-1 中度颱風逐漸接近，屆時颱風若_____，將造成重大損失。

　　1-2 A：學校一直提醒我們要注意成績，否則不能畢業，真的這麼嚴重嗎？

　　　　B：_____。

2 …以來，…

　　2-1 到台灣學中文以來，我_____

　　2-2 A：目前的總統好像人民不太支持，總統做了什麼事呢？

　　　　B：_____。

3 愈來愈

想一夜致富的人＿＿＿＿＿＿＿＿＿＿＿＿＿＿＿＿＿。

4 位於

台北位於＿＿＿＿＿＿＿＿＿，而綠島位於＿＿＿＿＿＿＿＿＿。

請閱讀新聞後完成練習

淡水17度 入秋最冷

新北市淡水今天上午7時59分氣溫只有17.7度，是今年入秋以來平地最低溫。

中央氣象局表示，今天受東北季風影響，北台灣僅18至23度，中南部日夜溫差大，早晚低溫20度，白天最高溫可到30度。

明後兩天周休假期，周六北部依舊一整天都較為濕涼，中南部高溫仍有30度以上，要注意日夜溫差大。

中南部大部分地區是多雲到晴的好天氣，但午後南部及中部山區有局部短暫雷陣雨，且容易有短時強降雨。

下周日、一東北季風稍減弱，北部及東半部雖仍有局部短暫雨，但降雨的情況會比起周六前緩和。

氣象局預報員程川芳說，東北季風加上降雨，今晨淡水出現17.7度低溫，是今年入秋以來平地最低溫，其他地區差不多在19至20度左右。

今天北部及東北部降雨時間較長，有局部大雨，花東多雲偶有陣雨。由於中高層水氣持續移入，中南部山區整天有局部雨，且午後有對流發展，有短時強降雨。

溫度方面，北台灣一整天溫度變化不大，約18至23度，一整天都偏涼；中南部則是早晚天氣涼，夜晚至隔天清晨約20至22度，白天高溫約27至30度，日夜溫差大。

(取自2018/10/12 聯合晚報)

一、依新聞內容完成表格，如果新聞上沒有就畫(×)。

氣溫	地區	今天	明後天(周六、周日)
	北部	溫度最高_____度　　溫度最低_____度	天氣_____
	中南部	溫度最高_____度　　溫度最低_____度	溫度最高_____度
	東半部		

二、請依照新聞，回答對 ○(T) 或不對 ×(F)

	地區	今天	明後天(周六、周日)	下周日、周一
降雨	北部	局部大雨（　）		仍會下雨（　）
	中部	整天有雨（　）	山區午後有雷陣雨（　）	
	南部	整天有強降雨（　）	午後有強降雨（　）	
	東半部	大雨（　）		整天有短暫雨（　）

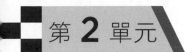

第3課練習

一、填入適當的生詞

> 紛紛　單單　頻頻　驚人　剝奪　本錢　系列　工資　用詞　時薪
> 漲幅　波動　轉嫁　更換　供應　考量　飼養　業者　宣布　品牌

① 老闆必須自己負擔經營失敗的責任，不能＿＿＿＿＿＿到員工的身上。

② 這個地方＿＿＿＿＿＿發生車禍，一定是馬路設計有問題。

③ 以前社會＿＿＿＿＿＿女性受教育的權利，不讓她們去學校讀書。

④ 他沒有太多的＿＿＿＿＿＿，只能擺路邊攤，做個小生意。

⑤ 這些年科技的發展＿＿＿＿＿＿，每一年都有新的電腦產品出現。

⑥ 這個問題很有討論性，同學們＿＿＿＿＿＿表示自己的意見。

⑦ 因為國際狀況不穩的關係，黃金的價格＿＿＿＿＿＿得很厲害。

⑧ 政府提出新政策時，應該把經濟發展、社會安定、環境保護各種因
　素＿＿＿＿＿＿進去。

⑨ 我這個月＿＿＿＿＿＿吃飯就花了一萬塊，所以薪水當然不夠用了。

⑩ 學校為了歡迎新生，安排了一＿＿＿＿＿＿迎新的活動，有表演、演
　講。

二、連連看：解釋名詞

1. 跟進 •   • a. 員工工作的薪水

2. 漲幅 •   • b. 價錢上漲的情形

3. 凍漲 •   • c. 加起來一起計算

4. 停售 •   • d. 超過應有的價值

5. 調價 •   • e. 暫時不提高價錢

6. 總計 •   • f. 不賣那個東西了

7. 超值 •   • g. 別人做也跟著做

8. 工資 •   • h. 改變東西的價錢

三、新聞書面語克漏字

以　則　自　似　繼

　　三家連鎖便利商店同時宣布＿＿＿＿下月一日起，將調高咖啡價格，這是＿＿＿＿去年調漲牛奶價格以來，另一波漲價，漲幅約5%，但只有有牛奶的咖啡才漲價，無牛奶產品＿＿＿＿不會漲價。＿＿＿＿拿鐵（Latte）為例，原價為60元，調至63元，3塊看＿＿＿＿不多，但對每天喝拿鐵咖啡的人來說，日積月累後也不是一筆小錢。

四、句型練習

1 看似…，…卻…

1-1 今天的天氣＿＿＿＿＿＿，＿＿＿＿＿卻＿＿＿＿＿＿。

1-2 A：這篇文章的內容很簡單嘛！

　　B：看似＿＿＿＿＿＿，＿＿＿＿卻＿＿＿＿。

2 以…為例

2-1 台北交通極為方便，以＿＿＿為例，＿＿＿＿＿＿＿＿。

2-2 最近物價漲得太厲害，以＿＿＿為例，＿＿＿＿＿＿＿＿。

3 繼…

3-1 這次地震是繼＿＿＿＿＿＿＿＿＿＿最嚴重的一次。

3-2 所有東西頻頻漲價，繼＿＿＿＿＿＿，＿＿＿＿也跟著漲。

4 …並無…，…反而…

4-1 雖然已經加寬了馬路，但是＿＿＿＿＿並無＿＿＿＿＿，

＿＿＿＿＿反而＿＿＿＿。

4-2 雖然暴風圈已離開台灣，但是＿＿＿＿＿並無＿＿＿＿，雨

勢反而＿＿＿＿。

5 非單單只…

環境保護非單單只＿＿＿＿＿＿＿＿，而是大家的責任。

五、短文閱讀活動練習

　　知名連鎖速食店肯德基14日喊出「漲」聲，肯德基表示，由於整體營運考量，今（15日）起調漲部分餐點價格，目前單點蛋塔調升2元、單點炸雞調升6元，單點漢堡調升9～10元；XL套餐調升10元，而單點咔啦脆雞原價49元，漲6元，漲幅約12%，原味蛋塔30元，漲2元，漲幅約6.7%，咔啦雞腿堡原價90元，漲9元，漲幅約10%。

　　張小文今天去肯德基，發現好多餐點都漲價了，如果他想點咔啦雞腿堡和蛋塔，他要比昨天多付多少錢？漲幅一共多少，你可以幫他計算一下嗎？

第4課練習

一、填入適當的生詞

可望　承諾　預估　維持　呈報　定案　低檔　均價　著手　納入
幅度　機制　研擬　檢討　累算　指標　貶值　訂定　展開　近期

① 學校正＿＿＿＿＿＿研擬修改申請研究所的辦法。

② 台灣經濟研究院＿＿＿＿＿＿明年的物價漲幅將為1.5%。

③ 國內油價調整有一定的＿＿＿＿＿＿，國際油價漲，就會跟著調漲。

④ 這次薪水調漲的＿＿＿＿＿＿不高，只調整了1%。

⑤ 總統候選人＿＿＿＿＿＿當選後一定會改善經濟狀況。

⑥ 雖然其他業者一波接一波漲價，但本公司將＿＿＿＿＿＿原價，不打算
調漲。

⑦ 老師把學生申請獎學金的統計數字＿＿＿＿＿＿給學校參考。

⑧ 依他目前受歡迎的程度，＿＿＿＿＿＿當選市長。

⑨ 每天下班前，我們都要開會＿＿＿＿＿＿今天工作的進度。

⑩ 這個方案還在商討當中，尚未＿＿＿＿＿＿。

二、連連看：解釋名詞

1. 指標 ●　　　　　　　　　● a. 研究計畫

2. 納入 ●　　　　　　　　　● b. 放進來

3. 貶值 ●　　　　　　　　　● c. 價值變低

4. 削價 ●　　　　　　　　　● d. 降低價錢

5. 研擬 ●　　　　　　　　　● e. 參考的標準

6. 零售 ●　　　　　　　　　● f. 不是整批地賣

三、新聞書面語克漏字

> 依　原　僅　於

　　台灣中油＿＿＿訂於明天公布的汽油價格，但因國際原油價錢下周調整，所以改為下周一公布，＿＿＿國際油價調整的情形，預估價格可望低＿＿＿目前的價錢，消息公布後，大部分消費者都打算下周一再去加油，＿＿＿少部分消費者不受價錢影響，仍決定今天去加油站加油。

四、句型練習：請以（　　）內句型回答下面問題

1 1-1　A：幾分才能申請獎學金？（Vs於）

　　　B：＿＿＿＿＿＿＿＿＿＿＿＿＿＿＿＿＿。

　1-2　明天的氣溫將＿＿＿＿＿＿＿＿＿＿＿＿。

2 2-1　A：明天台灣北部跟南部的天氣情況怎麼樣？（則）

　　　B：＿＿＿＿＿＿＿＿＿＿＿，＿＿＿＿＿＿＿＿＿＿＿＿＿＿＿。

　2-2　麥當勞的雞肉產品將漲3元，＿＿＿＿＿＿＿則＿＿＿＿＿＿＿＿＿。

3 3-1 A：網路上的消息可信嗎？（以…為準）

B：＿＿＿＿＿＿＿＿＿＿＿＿＿＿＿＿＿＿＿＿＿。

3-2 同學說的消息不要相信，要以＿＿＿＿＿＿＿＿為準。

4 A：最近適合投資（tóuzī, to invest）美元嗎？（呈…趨勢）

B：＿＿＿＿＿＿＿＿＿＿＿＿＿＿＿＿＿＿。

5 A：非本校學生可以進入電腦教室嗎？（不得）

B：＿＿＿＿＿＿＿＿＿＿＿＿＿＿＿＿＿＿。

五、實物閱讀

下周油價預估

單位：元／公升

油品	目前價格	預估新價
92無鉛汽油	26.3	26.3
95無鉛汽油	27.8	27.8
98無鉛汽油	29.8	29.8
超級柴油	25.1	25.4

請根據圖表說明油價調整情形，並依課文內容說明原因。

汽油：＿＿＿＿＿＿＿＿＿＿＿

＿＿＿＿＿＿＿＿＿＿＿＿＿＿＿

＿＿＿＿＿＿＿＿＿＿＿＿＿＿＿

柴油：＿＿＿＿＿＿＿＿＿＿＿

＿＿＿＿＿＿＿＿＿＿＿＿＿＿＿

＿＿＿＿＿＿＿＿＿＿＿＿＿＿＿

請閱讀新聞後完成練習

全家咖啡也喊漲
下周三起貴1成

超商咖啡要變貴了！下周三起，全家Let's Café調高4款冰拿鐵售價，大杯冰拿鐵和重烘焙拿鐵、焦糖拿鐵和烤栗子拿鐵各漲5元，漲幅達9%至10%。

全家下周三調整4款大杯冰拿鐵價格，冰拿鐵和冰重烘焙拿鐵從50元漲至55元、冰焦糖拿鐵和冰烤栗子拿鐵從55元漲至60元。全家表示，拿鐵系列價格調整主因在於奶量增加10%，另為滿足不同消費者需求，也會同步推出中杯冰拿鐵，售價45元。

全家冰拿鐵價格調整後，中杯和大杯冰拿鐵將與7-ELEVEN、萊爾富和OK超商售價相同。至於其他三大超商咖啡價格目前暫無調價計劃。

此外，超商業者配合今補班日祭出咖啡優惠，7-ELEVEN即至26日咖啡全品項第2杯半價、OK超商今大杯美式、拿鐵買2送2；萊爾富即起至24日，購買Hi Café中杯熱炭焙烏龍拿鐵享第2杯10元優惠。

■記者許稚佳

閱讀理解是非題：

1 （　　）全家僅調漲拿鐵系列的咖啡價格。

2 （　　）全家咖啡調漲的原因是咖啡豆漲價的關係。

3 （　　）除了全家其他三家超商目前都不打算調價。

4 （　　）各大超商因為今天放假所以提供優惠。

5 （　　）現在四家超商的中杯大杯冰拿鐵價格一樣。

第 5 課練習

一、填入適當的生詞

> 陳情　消滅　遏止　共識　沒收　號召　容忍
> 和解　泛濫　奪走　腳步　防範　破碎　以及

01 民眾向政府＿＿＿＿＿＿＿＿，希望盡速調整打工族的時薪達每小時200元。

02 那家公司正在研擬如何＿＿＿＿＿＿＿＿自己的客戶名單被其他業者偷走。

03 兩個政黨的主張不同，針對總統選舉的方式一直無法形成＿＿＿＿　＿＿＿＿。

04 法官＿＿＿＿　＿＿＿＿了貪汙者的財產，並判處二十年刑期，但還是有人不怕。

05 現代女性多數不能＿＿＿＿＿＿＿＿個人在工作時受到歧視。

06 環保團體表示將＿＿＿＿＿＿＿＿十萬人上街遊行，抗議政府修法太慢。

07 想要成為自由民主的國家，政府必須加快政治改革的＿＿＿＿＿＿＿＿。

08 A公司仿冒了B公司的商品，因為B公司不願意＿＿＿＿＿＿＿＿，因此A公司被法官嚴懲。

09 即使政府表示將嚴懲亂丟垃圾者，仍不能＿＿＿＿＿＿＿＿遊客隨手留下垃圾的習慣。

10 仿冒品＿＿＿＿＿＿＿，使名牌店的生意大受影響。

⑪ 原物料上漲_____基本工資提高都是餐飲事業漲價的因素。

⑫ 台灣1999年9月21日的大地震_____了兩千多人的生命。

朝　促　將（把）　犯　起

⑬ 未來法官可以_____酒駕肇事者以殺人罪判處。

⑭ 新年期間，高速公路上發生多_____交通事故。

⑮ 多家業者_____政府遏止削價競爭的情況。

⑯ 酒駕肇事者若不嚴懲，再_____機率不會降低。

⑰ 強烈颱風_____台灣東北部前進，預估明天午後抵達沿海地區。

二、選擇

① 總統_____（a. 號召　b. 呼籲）民眾支持政府的核能政策，但反核人士仍____（a. 號召　b. 呼籲）了當地居民及其他民眾遊行抗議。

② 氣溫不斷升高，北極熊（polar bear）正_____（a. 面對　b. 面臨）消失的命運。

③ 居住環境清潔，才能_____（a. 消滅　b. 遏止）蚊蟲。

④ 某些律師認為提高酒駕刑期，有提醒民眾的效果，但只能達到暫時_____（a. 遏止　b. 防範）的效果，還是無法完全_____（a. 遏止　b. 防範）酒駕情況。

三、連連看

1. 根據內政部統計， • • a. 在社會上逐漸形成共識。

2. 呼籲修法加重肇事者刑期， • • b. 法官依法最高可判處死刑。

3. 即使查到酒駕未肇事， • • c. 也應沒收車輛或吊銷駕照。

4. 酒駕肇事不僅個人受害， • • d. 每年酒駕肇事奪走600條人命。

5. 肇事者若再犯並致人死亡， • • e. 更可能造成一個家庭破碎。

四、句型練習

1 除了…，更重要的是…

1-1 為了環境，除了要把垃圾分類，更重要的是＿＿＿＿＿＿＿＿＿＿＿

1-2 A：怎麼把中文說得非常標準？

　　B：＿＿＿＿＿＿＿＿＿＿＿＿＿＿＿＿＿＿＿＿。

2 即使…，也…

2-1 即使原物料上漲，＿＿＿＿＿＿＿＿＿＿＿＿＿＿＿＿。

2-2 A：他雖然喝了一點酒，但沒發生車禍啊，還要重罰嗎？

　　B：＿＿＿＿＿＿＿＿＿＿＿＿＿＿＿＿＿＿＿＿＿

3 不僅…，更…

3-1 氣象預報員預報，颱風半徑不僅＿＿＿＿＿＿，更可能達強烈颱風的上限。

3-2 A：油價凍漲對哪些人有好處？

　　B：＿＿＿＿＿＿＿＿＿＿＿＿＿＿＿＿＿＿＿

一、填入適當的生詞

> 曉得　隔天　濃度　危及　輕忽　提神　完畢
> 吸收　僥倖　心態　專注力　判斷力　協調性

① 食物中的酵素能幫助身體＿＿＿＿＿＿營養。

② 經濟景氣不好的趨勢越來越明顯，政府不可以＿＿＿＿＿＿，免得失業率更高。

③ 當空氣中有毒（yǒudú, toxic）的化學物＿＿＿＿＿＿太高時，就要戴口罩（mask），避免影響健康。

④ 你在上班時間跑出去約會，你以為老闆永遠不會＿＿＿＿＿＿嗎？你自己要小心點。

⑤ 考試期間，學生會喝更多咖啡，因為咖啡有＿＿＿＿＿＿的作用。

⑥ 他是大學生，怎麼連那是個騙人的網站都不知道，簡直沒有＿＿＿＿＿＿。

⑦ 「今日事，今日畢」的意思是：今天該做的事一定要今天處理＿＿＿＿＿＿，不要等到＿＿＿＿＿＿再做。

⑧ 有人認為社會貧富不均都是有錢人造成的，存有這種＿＿＿＿＿＿不太好。

⑨ 彈鋼琴時，兩隻手的＿＿＿＿＿＿需要非常好，才能表演得很精彩。

⑩ 酒後駕車肇事不僅個人受傷，更＿＿＿＿＿＿他人的生命。

⑪ 小張認為能進入那家大公司工作，實在是＿＿＿＿＿＿，因為其他應徵者的能力比他更好。

⑫ 有些父母認為孩子玩電玩可以培養他們的＿＿＿＿＿，不見得不好。

二、連連看

1. 即使前一天晚上喝酒，　●　　　　　● a. 比歐美國家的民眾差。

2. 若喝酒精濃度高於30%的酒，● ● b. 體內酒精值已高達酒駕的標準。

3. 台灣47%的人代謝酒精的能力，● ● c. 至少需休息24小時以上。

4. 喝兩罐易開罐啤酒之後，　●　　● d. 就代表體內的酒精已經排除。

5. 很多酒駕犯自認大量喝水，● ● e. 隔天體內仍殘留著酒精。

三、句型練習

1 若是…，更要…，否則…

若是想削價競爭，更要研擬出一個好方案，否則＿＿　＿＿＿＿＿＿。

2 …可說是…之一

＿＿＿＿＿＿＿＿可說是今年最受民眾注意的事之一。

3 不管…，只要…，就…

A：我想趁輕度颱風來時，去海邊觀看驚人的海浪，你有興趣嗎？

B：＿＿＿＿＿＿＿＿＿＿＿＿＿＿＿＿＿＿。

4 自認…，其實…

某些業者自認使用較差的原物料生產產品，就能賺更多錢，其實＿＿＿＿

＿＿＿＿＿＿＿＿＿＿＿＿＿＿。

5 進而

5-1 他的提案得到老闆的欣賞，進而＿＿＿＿＿＿＿＿＿＿＿＿＿＿＿。

5-2 A：國際原油漲幅不過1%，對國內物價會有很大的影響嗎？

B：＿＿＿＿＿＿＿＿＿＿＿＿＿＿＿。

請閱讀新聞後完成練習

輕罰沒人怕 1年逾10萬件

　　法務部研議修正《刑法》，將酒駕致死改依殺人罪究責，台灣酒駕防制社會關懷協會秘書長林美娜表示，任何嚴懲酒駕行為的修法都樂觀其成，問題是前年修改的酒駕法條在立法院躺了2年僅一讀通過，「修法卻不三讀執行，有意義嗎？」

　　林美娜指出，前年4月已針對交通及酒駕相關條文一讀通過，重點有三，第一是「同車共責」，和酒駕同車的人都要連坐處罰；第二是拒絕酒測從9萬改罰18萬元；第三則是酒駕累犯的車牌要特殊化。

　　林美娜說，每回酒駕肇事令人憤怒，政府才有回應，但2年前的修法還未三讀通過，連行政院發言人都有酒駕紀錄，「政府帶頭忍容酒駕行為，民眾又怎會警惕？」

　　警政署則表示，近5年每年取締酒駕違規都超過10萬件，死傷人數逐年遞減，可見提高執法標準並加強取締，有助於降低酒駕意外，對於中央任何修法都會積極配合。

（取自2019/2/13 蘋果日報）

請根據新聞，回答問題。對 ○（T）或不對 ×（F）

1 （　）酒駕致死依殺人罪判處的法律已通過。

2 （　）這次要修法的條文中，包括同在酒駕者車內的人也有罪。

3 （　）若法律通過，以後拒絕警察進行酒測的罰款是9萬。

4 （　）林美娜小姐覺得連政府都容忍酒駕，民眾當然也不在乎。

5 （　）近五年，因為酒駕規定變嚴，酒駕造成死傷人數也變少了。

可悲！法院盼和解 法官常輕判

酒駕防制協會：法官只看到酒駕者懺悔　卻看不見受害者慘狀

6 （　）法官會因酒駕肇事者已經後悔，並跟受害者和解而判處的刑期較輕。

醉不上道！北市增加白天酒測時段

7 （　）「醉不上道」是指酒駕者不知道自己喝醉了才開車的。

第4單元　全球暖化

第7課練習

一、填入適當的生詞

> 狀態　野性　護送　聲明　出動　派遣　出沒　確保　生態　村落
> 入侵　攻擊　評估　包圍　巡邏　瀕危　屠殺　覓食　終年　驅趕

① 為了＿＿＿＿＿＿居民的安全，政府將允許射殺北極熊。

② 台灣中油＿＿＿＿＿＿這次調整油價，是因為國際油價上漲的原因。

③ 他昨天晚上走在路上，竟然被喝醉酒的人＿＿＿＿＿＿而受傷。

④ 軍方＿＿＿＿＿＿了十架飛機去保護總統的飛機。

⑤ 總統＿＿＿＿＿＿他最相信的人代表他出國訪問。

⑥ 政府經過環境＿＿＿＿＿＿後，不允許在此地建立工廠，以免破壞環

境。

⑦ 這個地區經常有警察＿＿＿＿＿＿，所以晚上很安全。

⑧ 他一下車就被記者＿＿＿＿＿＿，大家都搶著訪問他。

⑨ 這山上有熊＿＿＿＿＿＿，大家要小心。

⑩ 為了保持良好的健康＿＿＿＿＿＿，他每天運動，注意飲食。

二、配合題：從右邊選出適當的句子，配合左邊的句子。

1. 由於全球暖化＿＿＿＿＿	a. 列為被保護動物。
2. 這地區常有小偷出沒＿＿＿＿＿	b. 驅趕入侵的北極熊。
3. 政府聲明指出＿＿＿＿＿	c. 造成北極氣溫上升。
4. 軍方以訊號彈＿＿＿＿＿	d. 現在夏季已經開始融冰
5. 公司拒絕一周放兩天假＿＿＿＿＿	e. 本地不允許隨便射殺北極熊。
6. 終年冰封的北極＿＿＿＿＿	f. 被迫翻找人類村落的垃圾桶。
7. 北極熊因為覓食困難＿＿＿＿＿	g. 僅同意隔周休。
8. 台灣將黑熊＿＿＿＿＿	h. 為此每家都加裝了鐵窗 （tiěchuāng, window with iron bars）。

三、新聞書面語克漏字

> 將　為（wèi）　僅　並　未

　　北極熊因覓食困難，＿＿＿＿＿此入侵人類村落，＿＿＿＿＿攻擊人類，歷史上從＿＿＿＿＿發生過這種情況，但因為俄國政府＿＿＿＿＿北極熊列瀕危動物，即使進入民宅，仍不允許射殺，＿＿＿＿＿同意派遣軍隊保護民眾。

四、句型練習

1 從⋯到⋯為止，前後⋯

A：美中的貿易戰爭持續多久了？

B：＿＿＿＿＿＿＿＿＿＿＿＿＿＿＿＿＿＿＿＿＿＿＿＿＿。

2 ⋯為此⋯

2-1 國際原物料持續上漲，幾家連鎖速食店為此＿＿＿＿＿＿＿。

2-2 A：為什麼北極熊會闖入民宅？

B：＿＿＿＿＿＿＿＿＿＿，北極熊為此＿＿＿＿＿＿＿＿＿。

3 將⋯列（為）⋯

A：有哪些動物是需要被保護的動物？

B：＿＿＿＿＿＿＿＿＿＿＿＿＿。

4 若⋯，恐將⋯

4-1 你又酒駕了！若你再不改變這僥倖的心態，恐將＿＿＿＿＿＿＿＿。

4-2 若油價持續上漲，計程車業者恐將＿＿＿＿＿＿＿＿＿。

一、填入適當的生詞

棲地　清澈　彷彿　驚嚇　繁殖　水域　導致　天堂　蓬勃　上演
愜意　浩劫　促成　迫使　遷徙　老饕　場面　倘若　變遷　尋找

① 他因為這次大地震受到＿＿＿＿＿＿，而決定立刻回國。

② ＿＿＿＿＿＿不允許射殺北極熊，恐怕會威脅居民的安全。

③ 他的母親為了＿＿＿＿＿＿他們的婚事，特別安排了這次約會。

④ 他的歌聲＿＿＿＿＿＿天上的音樂一樣。

⑤ 有些動物的＿＿＿＿＿＿力太強，破壞了生態平衡（balance）。

⑥ 這條河沒有被汙染，＿＿＿＿＿＿得可以看到水中的魚。

⑦ 他非常＿＿＿＿＿＿地坐在草地上享受溫暖的陽光。

⑧ 他沒想到歡迎他的＿＿＿＿＿＿這麼熱鬧。

⑨ 在戰爭或災難的＿＿＿＿＿＿之後，人跟人的關係反而比較近。

⑩ 戰爭使大批的人民＿＿＿＿＿＿到其他國家。

二、填充

長期而言　視若無睹　浮上檯面　大快朵頤　尾隨而來

① 他手上提著食物，在回家的路上一群狗就＿＿＿＿＿＿。

② 經過一段時間的調查，這些不被人知的事慢慢＿＿＿＿＿＿。

③ 他對其他人的批評都＿＿＿＿＿＿，不受影響。

④ 雖然現在看不到這個政策的好處，_____，還是有利於人民的。

⑤ 他準備好餐點，正要_____的時候，就接到醫院來的電話要他過

去一趟。

三、新聞書面語克漏字

以　於　而

　　因為水溫上升，鯡魚不得不往北遷徙，殺人鯨也尾隨_____到，牠
們_____拍打的方式，迫使鯡魚浮到水面，這樣才有利_____他們獵食。但
因全球暖化鯡魚將繼續往北，_____這種情況_____言，鯡魚的數量可能萎
縮，對大型魚類將是一場浩劫，生態也會因此而受影響。

四、句型練習

1 因為…導致…

　1-1 因為酒駕的罰則太輕，導致_____。

　1-2 A：北極熊瀕危的原因是什麼？

　　　　B：_____。

2 有利於

　2-1 全中文的環境有利於_____。

　2-2 A：目前的環境適合投資嗎？

　　　　B：_____。

3 長期而言

　3-1 A：做激烈的運動有好處嗎？

　　　　B：_____。

　3-2 A：你覺得罵孩子是理想的教育方式嗎？

　　　　B：_____。

請閱讀新聞後完成練習

NEWS

人文 環保 表演 氣象 時尚 旅遊 社會 外交 政治 經濟

全球暖化的受害者 北極熊數量可能減3成

2016-12-07 12:17

〔綜合報導〕據外媒報導，全球暖化將導致北極海冰面積持續縮小，未來35年到41年內，北極熊的數量可能大幅減少3成以上，從現在的2.6萬頭減至不足1.8萬頭。

根據英國皇家學會（Royal Society）《生物學快報》在7日公布的一項調查報告指出，專家警告北極海冰面積持續縮減，賴以生存的北極熊數量在未來的35年到41年間將減少30%，全球的北極熊目前數量約僅存2.6萬頭；而國際自然保護聯盟（IUCN）也將北極熊的保護狀況標示為「易危」，並說目前北極熊很有可能遭滅絕的命運。

因全球暖化所造成的海冰減少、以致北極熊捕獵的機會降低、食物來源不足；科學家已觀察到北極熊成熊平均體重下降、幼熊和年輕北極熊存活率降低、小熊平均孕育隻數減少等現象。

專家預測，如果全球暖化的趨勢維持不變，北極區可能2030年代就會出現空前的無冰夏季。

是非題

■1 （　　）北極熊數量減少是因為北極海冰面積縮小的原因。

■2 （　　）IUCN指出北極熊將在35-41年間滅絕。

■3 （　　）北極熊是依靠海冰生存的。

■4 （　　）2030年北極區將全年無冰。

■5 （　　）科學家已經發現北極熊越來越瘦。

第 5 單元　節慶活動

第 9 課練習

一、填入適當的生詞

> 驚豔　登場　呼應　象徵　一切　祈求　許下　跳脫　親自　呈現
> 深刻　線條　規畫　既有　搶頭香　活靈活現　享譽盛名　數以萬計

① 很多人在新年早上去廟裡_____，這樣表示在未來一年都有好運氣。

② 馬安同過生日時_____了一個很大的心願，他_____　____世界能和平。

③ 那個現代舞團在世界上_____，這次能到台灣演出非常難得。

④ 小陳把電影裡鬼魂出現的部分說得_____，讓人感受到緊張的氣氛。

⑤ 那位導演製作了一部女性婚姻的電影，因為_____傳統的觀念，受到很多女性重視。

⑥ 第22屆世界盃足球賽將於2022年11月_____，屆時估計超過30支球隊會參與這個盛會。

⑦ 每年的服裝設計展都有讓人_____的設計作品，今年更邀請了許多歐洲知名的設計師參加。

⑧ 在中式婚禮上會看見掛著「囍」字，兩個「喜」字_____婚姻是兩個人的事、好事要成雙，「雙」才吉祥如意。

⑨ 那部紀錄片記錄了北極熊如何覓食，也_____了牠們遷徙的過程。讓人留下非常_____的印象。

⑩ 很多人說胖的人要穿直_____的服裝，看起來會瘦一點。

⑪ 電影公司把_____的漫畫書製作成影片，看起來更生動活潑。

⑫ 環保團體希望民眾別再吃肉，來_____保護生態環境的重要性。

⑬ 為了欣賞跨年煙火，_____的觀光客擠進101廣場。

為（是）　為（替）　於（在）　於（比）

　　第廿一屆世界運動會已_____八月結束。本屆運動會創下了幾項紀錄。第一_____參與比賽的國家最多，第二_____所使用的經費最少，低_____過去卅年。這些紀錄令世界各國為之讚賞，_____主辦國帶來盛名。

二、連連看

1. 市政府以「圓滿豬」為主燈，•

2. 日本大型天燈遠渡重洋，•

3. 很多情侶檔藉由放天燈，•

4. 己亥年的生肖是豬，•

5. 黑夜中天燈齊飛的畫面 •

6. 新北市三重商工的
姊妹校來台，•

• a. 許下未來能結婚的心願。

• b. 因此市府以豬的外型
製作了可愛的天燈。

• c. 象徵「諸事圓滿」。

• d. 最令民眾印象深刻。

• e. 雙方藉由天燈串起
姊妹校的約定。

• f. 是為了跟新北市燈節交流。

三、句型練習

1 於

1-1 麥當勞已決定將於＿＿＿＿＿＿＿起提高牛肉類漢堡售價。

1-2 政府宣布要在台北市南區成立銀髮族活動中心，讓老人有活動的空間。（請用「於」改寫）

＿＿＿＿＿＿＿＿＿＿＿＿＿＿＿＿＿＿＿＿＿＿＿＿。

2 藉由

2-1 藉由網路，＿＿＿＿＿＿＿＿＿＿＿＿。

2-2 A：我們公司怎麼一直在報紙上廣告，為什麼不用網路呢？

B：＿＿＿＿＿＿＿＿＿＿＿＿＿＿＿＿＿

3 令…為之…

3-1 只要偶像（ǒuxiàng, idol）一出現，就令＿＿＿＿＿＿為之＿＿＿＿＿＿。

3-2 參加比賽的那個作品令＿＿＿＿＿＿為之＿＿＿＿＿＿。

一、填入適當的生詞

> 發射　照耀　跳躍　湧進　期盼　掀起　有如　閃躲
> 瀰漫　搖晃　照亮　欲罷不能　密不透風　寸步難行

01 芒果冰太好吃了，一盤吃完還_____，就再點一盤來吃吧。

02 跨年時，101大樓附近_____大批民眾，一群群的民眾_____

罐頭（guàntóu, can）裡的沙丁魚（Shādīngyú, Sardines）。

03 期末考的教室裡_____著緊張的氣氛，大家都低頭認真考試。

04 那個工廠發生了爆炸的意外，連一公里外的大樓都_____了好幾

秒。

05 看燈會的民眾數以萬計，這麼多人一起湧進不算大的場地，當

然_____。

06 電影主角邀請觀眾上台一起表演，_____了活動的高潮，

07 在路上騎腳踏車時，不但要注意汽車，還要_____坑洞

（kēngdòng, pothole）。

08 有些國家會不時_____飛彈（missile），這種做法對別的國家是

一種威脅。

09 為了總統的安全，參與活動時被四周的人保護得_____，誰都不

能靠近他。

⑩ 璀璨的陽光＿＿＿＿＿著大地，給花草樹木帶來生長的力量。

⑪ 學校＿＿＿＿每個學生畢業後都能求職順利，成為對社會有貢獻的人。

⑫ 海豚（dolphin）＿＿＿＿＿於海面上，有如一幅生動的畫。

量詞練習

> 陣　批　波　起　盞　座

⑬ 路邊一＿＿＿一＿＿＿的路燈指引著我們回家的路。

⑭ 民眾有如海水一＿＿＿一＿＿＿湧進捷運站。

⑮ 微風一＿＿＿一＿＿＿吹過來，舒服極了。

⑯ 路上塞車塞得非常嚴重，車禍一＿＿＿又一＿＿＿，讓警察忙不過來。

⑰ 業者表示這一＿＿＿貨物成本較高，因此打算漲價。

⑱ 香港地方小，為了解決居住問題，只能建造一＿＿＿又一＿＿＿的人樓。

二、連連看（請根據課文）

1. 天燈一盞盞升上天空的畫面，　●

2. 蜂炮炮城紛紛點燃，　●

3. 廟方不時提醒看蜂炮的民眾，　●

4. 萬一蜂炮朝著你發射過來，　●

5. 陣頭開始遶境、蜂炮開始點燃，　●

6. 璀璨煙火照亮夜空，　●

● a. 要立刻閃躲，才不會被炸到。

● b. 全身要有足夠的裝備。

● c. 使得小鎮有如不夜城。

● d. 瞬間四周瀰漫著濃濃煙火味道。

● e. 群眾的心情也隨著達到最高潮。

● f. 令觀光客留下深刻的印象。

三、句型練習

1 A 有如 B

1-1 珍珠奶茶（zhēnzhū nǎichá, bubble milk tea）裡的「粉圓（fěnyuán, tapioca）」有如「＿＿＿＿＿＿＿＿」，所以取這個名字。

1-2 蜂炮發射時有如數以萬計的＿＿＿＿＿＿＿飛出來，所以叫蜂炮。

2 …比…至少多／少了…（以上）

2-1 A：你知道中國到底有多少人？比台灣人口多多少？

B：＿＿＿＿＿＿＿＿＿＿＿＿＿＿＿＿＿＿＿

2-2 ＿＿＿＿＿＿＿比在網路購物的人至少少了一半。

3 直到…才…

3-1 王先生離鄉背井三十年，直到＿＿＿＿＿＿才回老家。

3-2 A：你知道鹽水鎮為什麼要放蜂炮嗎？

B：我本來不知道，＿＿＿＿＿＿＿＿＿＿＿＿＿＿＿＿＿＿＿＿。

綜合練習

請閱讀新聞後完成練習

台東炸寒單登場「越炸財運越旺」

台東元宵活動昨天晚上熱鬧展開，台東市公所前廣場並打造4米高度大紅燈籠，垂掛無數小燈籠，營造年節喜慶的氛圍，同時讓民眾體驗到最受矚目的「炮炸寒單爺」。

今年台東首場炮炸寒單爺活動昨天晚上登場，只見穿著紅色短褲的寒單爺，站在竹轎上，接受四面八方的炮仗洗禮，信眾們深信鞭炮炸得越旺，當年度的財運一定越旺，因此寒單爺所到之處無一不被鞭炮炸過。

另外一說，相傳寒單爺非常怕冷，只要天氣一冷心臟就會不舒服，因此寒單爺出巡時，信眾們就會在一旁以鞭炮為其取暖。但為安全起見，肉身寒單爺會遮住頭髮以防被鞭炮炮火燒焦；面部則包上濕毛巾遮住口鼻，防止煙霧傷害呼吸道；耳部則會戴上耳塞或棉花，防止炮聲傷害鼓膜。

(取自 2019/2/16 蘋果日報)

請根據新聞，回答問題。對 ○（T） 或不對 ×（F）

1 （　）「炸寒單爺」是一個過新年的活動。

2 （　）今年的「炸寒單爺」活動已經開始了。

3 （　）鞭炮炸得越多，象徵自己當年越有錢。

4 （　）為了自己的財運好，「寒單爺」經過時不可以炸他。

5 （　）「寒單爺」怕冷，民眾用鞭炮炸他，他就暖和了。

6 （　）「寒單爺」的臉不能讓人看到，所以要把頭髮、臉部包起來。

環保天燈 讓升空的不再是垃圾

許願天燈落下險害摔車　騎士怒轟：不要再做白日夢

7（　　）這兩個新聞標題的意思是：掉下來的天燈會造成環境汙染，甚至

影響到人的生命安全。

第 **11** 課練習

一、填入適當的生詞

> 巨擘　表決　下架　證明　違反　批准　抨擊　威脅　堅定　生效
> 試圖　陣營　扼殺　翻新　分享　平台　參與　激戰　棄權　重點

① 學校請一些畢業的學生回來跟學弟妹＿＿＿＿＿＿學習經驗。

② 各種汙染＿＿＿＿＿＿現代人的生存環境。

③ 這些法律上的限制只會＿＿＿＿＿＿台灣的經濟發展。

④ 總統的新政策受到學者嚴重地＿＿＿＿＿＿，指出許多缺點。

⑤ 要經過所有參加的人舉手＿＿＿＿＿＿，才能決定採取哪一個方案。

⑥ 這個移民法案在下個月一號＿＿＿＿＿＿，將迫使許多移民離開本地。

⑦ 速食業的＿＿＿＿＿＿麥當勞在世界各地都有連鎖店。

⑧ 這個老舊的建築，很多人＿＿＿＿＿＿重建，都得不到地主同意。

⑨ 他態度非常＿＿＿＿＿＿，任何人都改變不了他的決定。

⑩ 他們是不同＿＿＿＿＿＿的人，怎麼可能合作？

二、選擇

政府為保障作者的_____（主權／版權），昨天在立法院經過_____（表決／棄權），著作權法案將於明年一月_____（祭出／生效）。部分出版業者的經營將因此受到影響，所有_____（扼殺／違反）此法案的書籍都將_____（下架／翻新）。

三、新聞書面語克漏字

> 該　其　為　尚　以

歐洲議會昨通過著作權法案，_____法案生效後將保障藝術家創作權，也_____作家提供更好創作環境，著作權法_____目的在_____法律迫使一些網路平台必須取得版權，此法目前_____須得到歐洲理事會批准，才能於2021年生效。

四、完成句子

1 就…V

   1-1 中美雙方就_____進行談判（tánpàn, negotiation）。

   1-2 A：這次研討會（yántǎohuì, seminar）的主題是什麼？

       B：我想是就_____進行討論。

2 V1…以V2…

   2-1 歐盟祭出新著作權法，以_____。

   2-2 政府提供職業訓練，以_____。

3 最為…

   3-1 你認為目前國際上以＿＿＿＿＿＿＿＿＿＿＿＿＿問題最為嚴重？

   3-2 A：你認為學習中文最困難的是什麼？

       B：＿＿＿＿＿＿＿＿＿＿＿＿＿＿＿。

4 …尚待…

   4-1 ＿＿＿＿＿＿＿＿＿＿＿＿＿尚待科學證明。

   4-2 A：這項移民法案是否已經通過？

       B：尚未定案，＿＿＿＿＿＿＿＿＿＿。

五、短文閱讀

    歐洲議會通過數位著作權法修正的提案，保護在網路上發表內容的創作者，當有其他用戶未經授權上傳創作者的內容到YouTube、Facebook等平台，連同平台業者，都將共同承擔侵犯著作權的責任，也必須賠償創作者，因此平台將被迫加裝過濾機制進行管理。

問答：

1 這項提案怎麼保護創作者的權利？

2 你同意這項提案嗎？為什麼？

3 這項提案將有什麼影響？

一、填入適當的生詞

> 窺探　權限　保密　跡象　揭發　濫用　缺失　疏失　儲存　研發
> 率先　保守　堅持　嚴密　大肆　搜索　審查　例行　暴露　不當

01 麥當勞＿＿＿＿＿＿調漲雞肉類商品，其他連鎖店也馬上跟進。

02 目前還沒有＿＿＿＿＿＿顯示他將參加總統選舉。

03 每天早上到公園散步是他＿＿＿＿＿＿的活動。

04 即使遭遇困難，也要＿＿＿＿＿＿下去，不能放棄。

05 他＿＿＿＿＿＿別人的隱私，被警察抓到了。

06 警察得到消息後，立刻到他家＿＿＿＿＿＿，終於找到被偷的東西 。

07 如果這些垃圾處理＿＿＿＿＿＿，一定會造成環境汙染。

08 校長因為＿＿＿＿＿＿他職位上的權力，被停職了。

09 那個候選人在電視上＿＿＿＿＿＿批評現在總統的政策。

10 你需要先取得＿＿＿＿＿＿才能進入這個帳號。

二、選擇

01 政府＿＿＿＿＿（宣稱／宣揚）有能力解決目前的失業問題。

02 市長向國際＿＿＿＿＿（宣稱／宣揚）台北市垃圾處理的成績。

03 他貪汙的事被記者＿＿＿＿＿（暴露／揭發）後，就退出競選了。

04 這次地震，完全＿＿＿＿＿（暴露／揭發）出這個建築物設計上的問題。

05 警察正在調查這次意外是否是司機的＿＿＿＿＿（疏失／缺失）。

06 公司研發的軟體，發現有一些_____（疏失／缺失），所以立刻停售。

07 法律規定為了_____（維護／保守）個人隱私，不能公開個人帳號。

08 他一直_____（維護／保守）這個秘密，直到他死都沒有公開。

三、新聞書面語克漏字

> 並　以　為　令　於

　　臉書宣稱一直_____負責任的態度維護用戶的隱私，目前已_____部分用戶加密，希望此舉能_____用戶放心。臉書也表示，到目前為止，_____未發現任何資料外洩，未來也將致力_____研發加密的安全措施。

四、句型練習

1 尚未…，但將…

　1-1 A：油價調漲的方案已經定案了嗎？

　　　B：_____。

　1-2 酒駕的法案目前尚未_____，但將_____。

2 遭到…後

　2-1 A：被颱風破壞的地區已經恢復了嗎？

　　　B：_____。

　2-2 他臉書的密碼遭到_____後，決定_____。

3 致力於

　3-1 A：他退休後，都在做什麼？

　　　B：_____。

　3-2 珍・古德女士（Jane Goodall）一生致力於_____。

五、實物閱讀 - 良心的建議

　　有關單位對一般網路使用者的建議是，當必須使用個人資料來代表自己身分時，如臉書的帳號密碼、電子郵箱的帳號密碼等，我們最好開啟兩段式驗證的功能，也就是利用手機驗證碼作為第二道防線，這樣才能確保當密碼外洩的情況發生時，我們的個人資料不會被盜用。

問答：

1 什麼是兩段式驗證？你會採取兩段式驗證嗎？

2 你使用社群網站時，會特別注意密碼可能外洩的情況嗎？

綜合練習

請閱讀新聞後完成練習

NEWS

人文　環保　表演　氣象　時尚　旅遊　社會　外交　政治　經濟

臉書Instagram密碼可被內部員工讀取
數億用戶受影響

294 讚

2019-03-22 14:06

　　Facebook（臉書）今天表示，今年1月發現部分用戶密碼以可讀格式儲存在臉書內部的數據儲存系統，影響臉書、Instagram共數億用戶，臉書已修復此問題並通知受影響用戶修改密碼。

　　臉書今天在官網說明1月的例行性安全檢查結果，並強調上述受影響用戶的密碼從未被臉書以外的人員看見，也沒有證據顯示臉書內部有任何人濫用或不當存取這些密碼。

　　臉書推估，受影響的用戶包括數億的Facebook Lite用戶、數千萬的Facebook用戶，以及數萬的Instagram用戶，將通知這些用戶應該修改密碼。Facebook Lite是Facebook版本之一，主要用於網路連線較差的地區。

　　臉書也建議用戶採取一些措施來保護帳戶安全，例如別在不同的服務使用同一組密碼、選擇強度高且複雜的密碼組合，或是設定可從第三方應用程式取得驗證碼的雙重驗證功能。

閱讀理解是非題：

1 （　　）被影響的用戶以Instagram的用戶最多。

2 （　　）除了臉書內部員工，沒有人看得見受影響用戶的密碼。

3 （　　）臉書建議保護帳戶安全最好的措施就是重設密碼。

4 （　　）Facebook Lite是為網路連線較差的地區設計的版本。

5 （　　）臉書會在固定時間做安全檢查。

第 7 單元 　疾病防治

第 13 課練習

一、填入適當的生詞

來勢洶洶　不敷使用　當心　併發　無虞　侵襲　大宗　中鏢
高峰期　死亡率　人次　超越　大舉　族群　引發　升溫　規模　反應

01 台北車站來來往往的人很多，那裡的YouBike（微笑單車）常常

_____ 。

02 新冠病毒（COVID-19）_____世界各國，每個人都得_____

不要被傳染。

03 來過台灣的觀光客都感受到即使深夜時出去玩都安全_____ 。

04 農曆新年期間是出國旅遊的____ _____，機場幾乎都塞爆了。

05 夏季時，每個颱風都_____，讓民眾不敢輕忽。

06 台灣出口的貨物以電子產品為_____。

07 那位演員得最佳男主角的紀錄已經_____了他父親的紀錄。

08 很多人認為流感只是感冒，卻不了解會_____重症，千萬不能輕忽。

09 年輕_____喜歡吃漢堡、炸雞等速食。

10 今年一月到六月的外國觀光客已達五百萬_____。

11 近日物價、油價紛紛上漲，_____民眾強烈抗議。

12 因為全球暖化，導致許多動物_____遷徙，離開原生地。

⑬ 昨晚發生大地震，此次地震＿＿＿＿＿＿比五年前的還高得多。因為發生在深夜，很多人都來不及＿＿＿＿＿＿，傷亡慘重。

二、選擇

① 近日得到流感的民眾愈來愈多，政府為了控制＿＿＿＿（a. 免疫 b. 防疫 c. 疫情），呼籲父母盡速帶家中3歲以下的嬰幼兒去接種＿＿＿＿（a. 免疫 b. 疫苗 c. 防疫），如此才能使嬰幼兒對流感產生＿＿＿＿（a. 免疫 b. 疫苗 c. 疫情）能力。除嬰幼兒外，政府也呼籲民眾以戴口罩、常洗手來保護自己，全民一起努力才能將＿＿＿＿（a. 免疫 b. 防疫 c. 疫情）工作做好。

② 小王喝了從冰箱拿出來一個多小時的牛奶後，不但吐了，肚子還痛得站不起來。因為是周日，沒辦法去醫院看＿＿＿＿（a. 確診 b. 急救 c. 門診），於是朋友送他去醫院急診室。醫生看小王沒反應了就立刻＿＿＿＿（a. 就診 b. 門診 c. 急救）並做了許多檢查，＿＿＿＿（a. 就診 b. 門診 c. 確診）是食物中毒（food poisioning），應該是牛奶有問題，然後醫生就請小王回家好好休息了。

③ 反酒駕聯盟透過網路號召民眾向政府抗議酒駕致死的刑期太輕，瞬間民眾的抗議信＿＿＿＿（a. 塞爆 b. 暴增）了政府信箱，網站因使用量＿＿＿＿（a. 塞爆 b. 暴增）而停止運作了。

三、句型練習

1 自…以來

1-1 自物價上漲以來，＿＿＿＿＿＿＿＿＿＿＿＿＿。

1-2 A：你們國家最近經濟景氣不景氣？

　　 B：＿＿＿＿＿＿＿＿＿＿＿＿＿＿＿＿＿。

2 請用「…無虞」改寫句子

2-1 年輕的時候要懂得投資理財，退休以後生活才能沒問題。

　　 →＿＿＿＿＿＿＿＿＿＿＿＿＿＿＿＿＿＿。

2-2 即使接種了疫苗，並不代表健康不會出問題，一切都安全。

　　 →＿＿＿＿＿＿＿＿＿＿＿＿＿＿＿＿＿＿。

一、填入適當的生詞

> 首見　患者　即將　嚴峻　警覺　推估　累計　告急　上述
> 設置　類似　漂浮　腫大　吸入　熱愛　創…新高

01 奶奶發現自己雙手雙腳腫大，就去看醫生。幸虧奶奶的＿＿＿＿＿＿性很高，才沒引發併發症。

02 近五年，中國大陸來台旅遊的人數＿＿＿＿＿＿已超過千萬，但今年因政治關係較為緊張，＿＿＿＿＿＿未來幾年大陸來台人數會逐漸下降。

03 沿海地區的海面上＿＿＿＿＿＿著大量的垃圾，嚴重汙染了海水。

04 2016年台灣選出一位女總統，這是中華民國百年來＿＿＿＿＿＿。

05 想要創業，首先要評估目前市場情況。如果周邊有很多＿＿＿＿＿＿的商店，如何吸引顧客購買是最重要的。

06 因為科技發達，機器人（robot）＿＿＿＿＿＿取代人類部分的工作。

07 此次新冠肺炎（COVID-19）疫情相當＿＿＿＿＿＿，世界各國都受到影響。

08 強颱侵襲南部，山區首當其衝，因情況＿＿＿＿＿＿，警察呼籲民眾盡速離開山區。

09 政府表示感染人數及死亡人數都逐漸降低，＿＿＿＿＿＿資料顯示，此波疫情似乎已受到控制。

⑩ 給幼兒喝珍珠奶茶要當心，萬一_____太大顆的珍珠很危險。

⑪ 為防範境外疾病傳入國內，政府在機場_____了檢疫站。

⑫ 根據統計，上個月藝人隱私外洩的數量_____近五年_____。

二、選擇

① 如果你得到流感，千萬不要去坐飛機，因為會_____（a.感染 b.傳染）給同班飛機的旅客。本來大家出去旅遊是很高興的事，卻因為你而在飛機上_____（a.感染 b.傳染）了流感，真的會不開心吧。

② 小李從國外回來後，開始發燒、咳嗽，於是吃了感冒藥，沒想到幾天後症狀並未好轉。他又去大醫院就診，經過_____（a.監測 b.篩檢），發現是感染了麻疹。他的同事因為跟他在同一個辦公室工作，即使目前沒有症狀也必須接受_____（a.監測 b.篩檢）兩星期，然後才能確定沒遭受感染。

③ 王醫生的診所來了一個病人，病人發燒、全身疲倦且無力，好像流感的_____（a.病例 b.疾病 c.症狀），沒想到過了幾天病人出了疹子。醫生給病人做了篩檢以後，認為應該是感染了麻疹。麻疹是一種傳染性的_____（a.病例 b.疾病 c.症狀），需要向政府報告。這是王醫生的診所今年碰到的第一個_____（a.病例 b.疾病 c.症狀），他特別提醒還沒有打疫苗的其他病人盡速接種第一_____（a.劑 b.破 c.波）疫苗。

④ 根據觀光局統計，今年上半年_____（a.赴 b.逾）海外旅遊的國人已_____（a.赴 b.逾）五十萬人，希望下半年能_____（a.破 b.逾）去年的紀錄。

三、句型練習

1 截至⋯為止，⋯

　　1-1 截至＿＿＿＿＿＿＿＿＿＿為止，世界人口已達78億。

　　1-2 A：亞洲國家辦過很多次世界盃足球賽嗎？

　　　　 B：＿＿＿＿＿＿＿＿＿＿＿＿＿＿＿＿＿。

2 除⋯外，也⋯

　　2-1 他要出國工作，除祝他「諸事順遂」外，我也＿＿＿＿＿＿＿＿＿。

　　2-2 A：你喜歡元宵節放天燈，還有哪個節慶活動讓你印象深刻？

　　　　 B：＿＿＿＿＿＿＿＿＿＿＿＿＿＿＿＿。

3 經由⋯（V），⋯

　　3-1 經由消費者的揭發，＿＿＿＿＿＿＿＿＿＿＿。

　　3-2 A：關於經濟成長這個議題，你都清楚了嗎？

　　　　 B：是啊，＿＿＿＿＿＿＿＿＿＿＿＿＿＿＿＿＿。

綜合練習

一、 閱讀新聞後請完成下面表格，填入每個個案是文章中的哪一位，及與「個案 1」的關係。

衛生福利部疾病管制署3月29日公布今年首例境外移入麻疹確定病例。這名個案從泰國旅遊回來後，繼續工作了一周多，期間同辦公室的男性同事遭到感染。然後在可傳染期又搭臺灣虎航到沖繩旅遊，造成第二波傳染共5人，其中包含2名同班機的旅客、虎航2名空服員及1名機組員。昨天又新增第三波傳染，確診的2人分別是臺灣虎航空服員及機組員，此二人因在第二波得病之空

服員尚未確診染病前都接觸過，於是遭到感染。

疾管署今天晚間7時再宣布公布新增5例麻疹確定病例，其中4例和虎航麻疹群聚事件有關。這4人發病日相近而且都在桃園機場同一個辦公區域內工作。4人在可傳染期間內，除了曾出入桃園機場外，還有出入台北捷運、桃園捷運、桃園高鐵站、高雄高鐵站、錢櫃南崁店，以及沖繩、福岡、澳門等地。莊人祥說，這波虎航

麻疹群聚感染已造成12人確診，衛生單位已掌握接觸者共2978人，將持續監測至5月6日，桃園國際機場近期也將針對該辦公區域進行消毒作業。

莊人祥指出，目前麻疹疫情已不僅局限於虎航，凡是在桃園機場同一個辦公區域內工作的員工，都應自我檢視是否打過疫苗並評估是否需補打，一旦出現類似症狀應提高警覺。

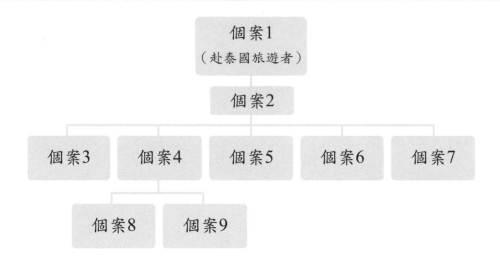

二、回答問題

1 根據新聞，本次共多少人遭傳染麻疹？

2 共有多少人受到影響，必須持續監測？

3 什麼時候才可以確認有沒有其他感染者？

4 疾管署副署長特別提醒在桃園機場工作的人要注意什麼？

第15課練習

一、填入適當的生詞

趨弱　衡量　領先　坦言　擴張　構成　低迷　累計　轉趨　大額
層面　判斷　綜合　銷售　其餘　下滑　陰影　籠罩　確定　動能

① 油價是否上漲，目前還不_____，等國際油價公布後才知道。

② 你在接受這個工作前，必須先_____一下自己的能力，能不能完成。

③ 總統_____他在任期內確實貪汙，願意接受嚴懲。

④ 沒有足夠的資訊，你如何_____這件事的對錯。

⑤ 目前投資市場_____，經濟環境不佳，因此投資人不敢投資。

⑥ 這地區常常發生車禍，僅三個月就_____發生十幾起車禍。

⑦ 台灣今年的經濟成長率雖下滑，但仍_____亞洲鄰國，是最高的。

⑧ 這地區長期在空氣汙染的_____下，很多民眾都出現健康問題。

⑨ 這個產品在市場_____的情形非常好，主要是因為便宜又實用。

⑩ 經濟不景氣是因為市場缺乏_____，沒有刺激發展的力量。

二、克漏字選擇

　　去年十二月的燈號是繼2018年連十藍後，再＿＿＿＿（具、亮、皆）藍燈，國發會表示雖然燈號轉藍，但指數下降的趨勢沒有預期的嚴重，景氣＿＿＿＿（低迷、下滑、減緩）的情形已經＿＿＿＿（轉趨、轉呈、構成）穩定，加上其他預測數字都止跌回升，對於未來經濟情勢仍相當＿＿＿＿（觀望、疲弱、樂觀）。

三、句型練習

1 …及…雙雙…

1-1 A：匯率市場和股票市場都呈現低迷的狀態嗎？

　　 B：＿＿＿＿＿＿＿＿＿＿＿＿＿＿＿＿＿＿＿＿＿＿＿＿＿。

1-2 因地球暖化，＿＿＿＿＿＿＿及＿＿＿＿＿＿＿雙雙離開長久居住的棲地。

2 創…以來新高／低

2-1 A：今年台北市酒駕肇事的情形嚴重嗎？

　　 B：＿＿＿＿＿＿＿＿＿＿＿＿＿＿＿＿＿＿＿。

2-2 這個月＿＿＿＿＿＿＿＿＿＿創＿＿＿＿＿＿以來新高。

3 在…籠罩下

3-1 中東部分地區在＿＿＿＿＿＿＿＿＿＿＿＿，人民生活困苦。

3-2 A：現代人的健康受到什麼威脅？

　　 B：在＿＿＿＿＿＿＿＿＿＿陰影籠罩下，＿＿＿＿＿＿＿＿＿＿＿＿＿。

四、請根據圖片回答下面問題

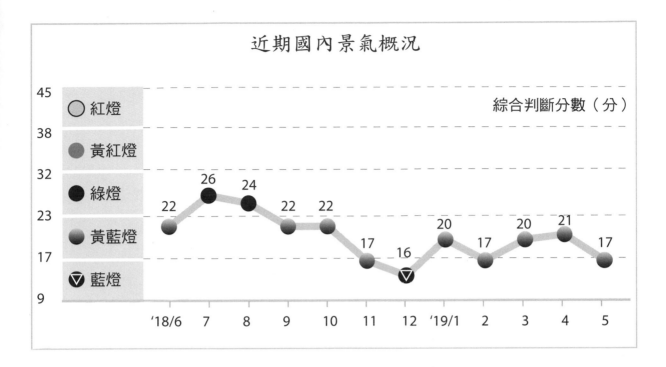

1 2019年1月到5月連5個月的景氣情況如何？

2 2018年6月至2019年5月，什麼時候的經濟情況最好？你怎麼知道？

一、填入適當的生詞

激勵　力求　鈍化　買氣　力道　不明　執行　補助　質疑
依序　定義　衰退　疑慮　僵局　波段　假設　延燒　明朗

① 他們夫妻要離婚，但對財產的分配沒有共識而呈現＿＿＿＿＿＿。

② 民眾對這項新產品仍有＿＿＿＿＿＿，不敢使用。

③ 現在政府對經濟只＿＿＿＿＿＿穩定，並不考慮加速發展。

④ 「自由」的＿＿＿＿＿＿並不是想做什麼就做什麼，毫無限制。

⑤ 南部登革熱的疫情持續＿＿＿＿＿＿，應該馬上加強防範。

⑥ 有＿＿＿＿＿＿的東西飛在天空中，有人懷疑是從別的星球來的。

⑦ 請大家按照號碼＿＿＿＿＿＿進場，不要隨便進入。

⑧ 一名警察在＿＿＿＿＿＿攔查酒駕的工作時，被車撞死了。

⑨ 事情還沒有＿＿＿＿＿＿化以前，妳不要太快做決定。

⑩ 他事業失敗後，曾經想放棄一切，但在朋友的＿＿＿＿＿＿下，站了起來。

二、選擇

① 電影結束後，人們＿＿＿＿＿＿＿（陸續／相繼）從電影院出來。

② 在一年內，他的父母＿＿＿＿＿＿＿（陸續／相繼）離開人世。

③ 你不能只注意他的＿＿＿＿＿＿＿（外在／外界）條件，也要看看他的內心。

④ 因受到＿＿＿＿＿＿＿（外在／外界）的許多批評，造成這項政策難以推行。

⑤ 民眾＿＿＿＿＿＿＿（質疑／疑慮）政府改革的決心。

⑥ 消費者對於這項產品的效果有＿＿＿＿＿＿＿（質疑／疑慮），所以不敢買。

三、句型練習

1 …較…多／少了…個百分點

1-1 今年的經濟成長率比上次預測的少了0.14%。

→今年的經濟成長率較＿＿＿＿＿＿＿＿＿＿＿＿＿＿＿。

1-2 因受COVID-19疫情的衝擊，預估本月的失業率較＿＿＿＿＿＿＿＿＿＿＿＿。

2 處於

2-1 目前沒有推出新的手機機型，因此需求量減少，市場＿＿＿＿＿＿＿＿＿＿＿狀態。

2-2 他的病情，不見好轉，仍處於＿＿＿＿＿＿＿＿＿＿＿＿＿＿＿＿＿＿＿＿＿＿。

3 …依序為…

3-1 現在市場上最受歡迎的手機依序為＿＿＿＿＿＿＿＿＿＿＿＿＿＿＿＿＿＿。

3-2 在台灣最受歡迎的小吃依序為＿＿＿＿＿＿＿＿＿＿＿＿＿＿＿＿＿＿＿＿。

綜合練習

請閱讀新聞後完成練習

NEWS

人文　環保　表演　氣象　時尚　旅遊　社會　外交　政治　經濟

陸去年GDP增6.6% 28年最差

2019-03-22 14:06

受內需趨緩和美中貿易戰的影響，大陸去年第4季國內生產毛額（GDP）增長率繼續探底，下滑至6.4%，為近十年最低；而去年全年的GDP增長率為6.6%，雖達官方預定的6.5%目標，但也創28年來新低。

外界預測今年大陸經濟表現並不樂觀，上半年經濟成長速度還會繼續趨緩，預期大陸今年會採取包括寬鬆貨幣等政策，避免經濟成長出現劇烈下滑。

而大陸國家統計局局長寧吉喆則以「總體平穩、穩重有進、穩中有變、變中有憂」十六字總結去年中國經濟情況，並表示有能力讓2019年的大陸經濟運性保持在合理範圍。

中國大陸GDP連續幾季呈下滑的趨勢，全球投資者擔憂中國大陸經濟可能拖累全球經濟。同時也顯示大陸政府自去年7月以來採取的一系列財政和貨幣刺激政策，效果有限。

除了外界關注的GDP成長速度外，去年大陸經濟總量GDP卻首次突破人民幣90兆元達到90兆239億元（約新台幣412兆元），而全年居民人均可支配收入為人民幣2萬8,228元，扣除價格因素實際增長達6.5%，較2017年下降0.1個百分點，但仍快於人均GDP 6.1%的增速。

是非題

1 (　　　) 2018年中國大陸的總量GDP是28年來最低的。

2 (　　　) 大陸2018年的GDP增長速度達到預期目標。

3 (　　　) 中國官方對未來經濟發展不太擔心。

4 (　　　) 中國最近採取的財經政策沒有具體效果。

5 (　　　) 2018年的人均可支配收入增長率比去年的增速快。